えひめミステリー紀行

道後・内子湯けむりミステリー

JN286111

法被姿でご機嫌な内田先生（松山での交流パーティにて）

「めでたや、めでたや」とかけ声かけて、
場を盛り上げてくれたイベント隊

ロープウェイで城山へ。内田先生とのツーショットは貴重な宝の一枚だ

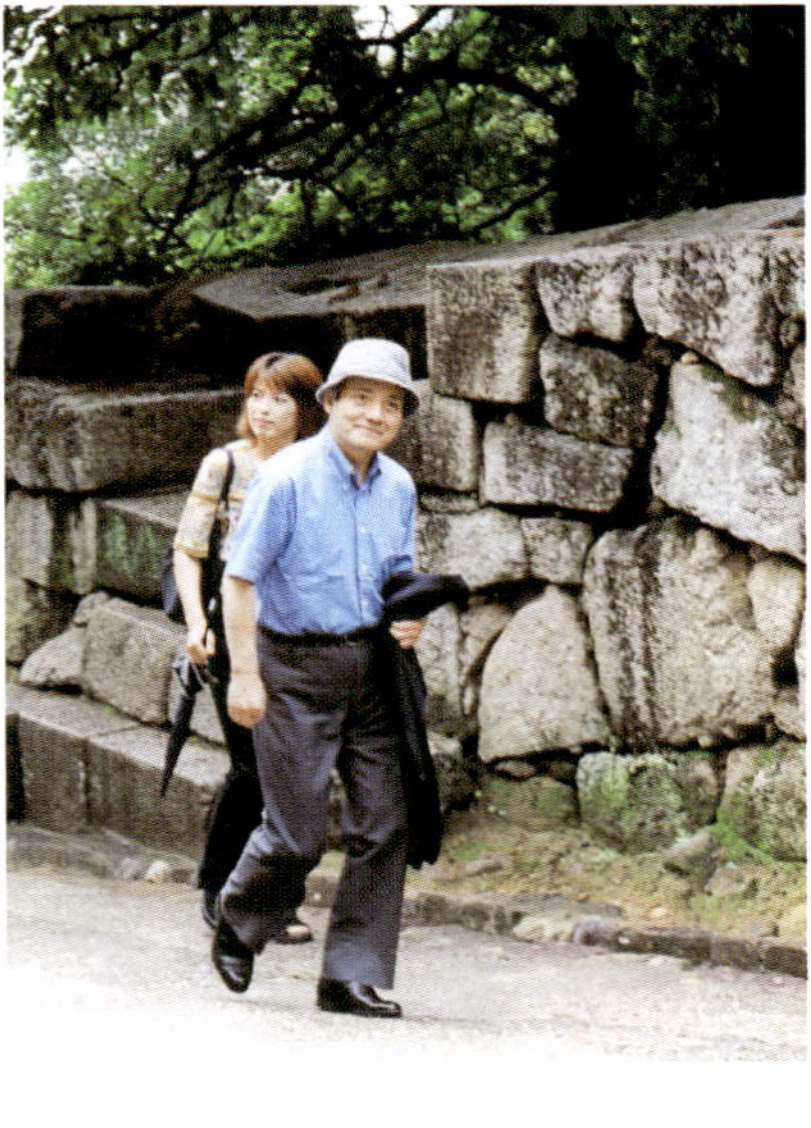

城山ロープウェイを降りたら
雨は上がっていた

内子座が描かれた捜査手帖

伊豫之國松山水軍太鼓の
ウエルカム・イベント

「浅見光彦登場」に
会場からは拍手の嵐

「あやしき影を」ってどういうこと？
萬翠荘、愚陀佛庵にて

路面電車の中でも真剣に捜査。知らない人は「ナニやってるの？」だったろう

カラクリ時計（写真左）のある広場で、お遍路さんから
捜査のヒントとなる俳句の短冊をもらう

道後温泉本館前はいつも混雑

もしかすると、ここにもヒントが!?

どうやら木村さんは昨日、
この旅館松乃屋に泊まったらしい

内子座の内部（写真左）と外観

ファイナル・イベントは幻想的な
ムードで展開された

全ての捜査を終えて
内子座でのイベント終了後、
おいしいお弁当をいただきました

浅見さんといっしょに記念撮影
これで二日間のツアーも終了

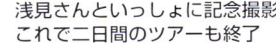

愛媛県庁に掲げられた大看板

このページはいずれも
個人旅行編のスナップです

マドンナ、坊っちゃん、赤シャツ現る！
写真上は坊っちゃん列車乗車記念グッズ

期間中上演された「失踪」（劇団無限蒸気社）は、イベントをさらに盛り上げた

飛鳥 横浜港発着ツアー
内田康夫のミステリークルーズ

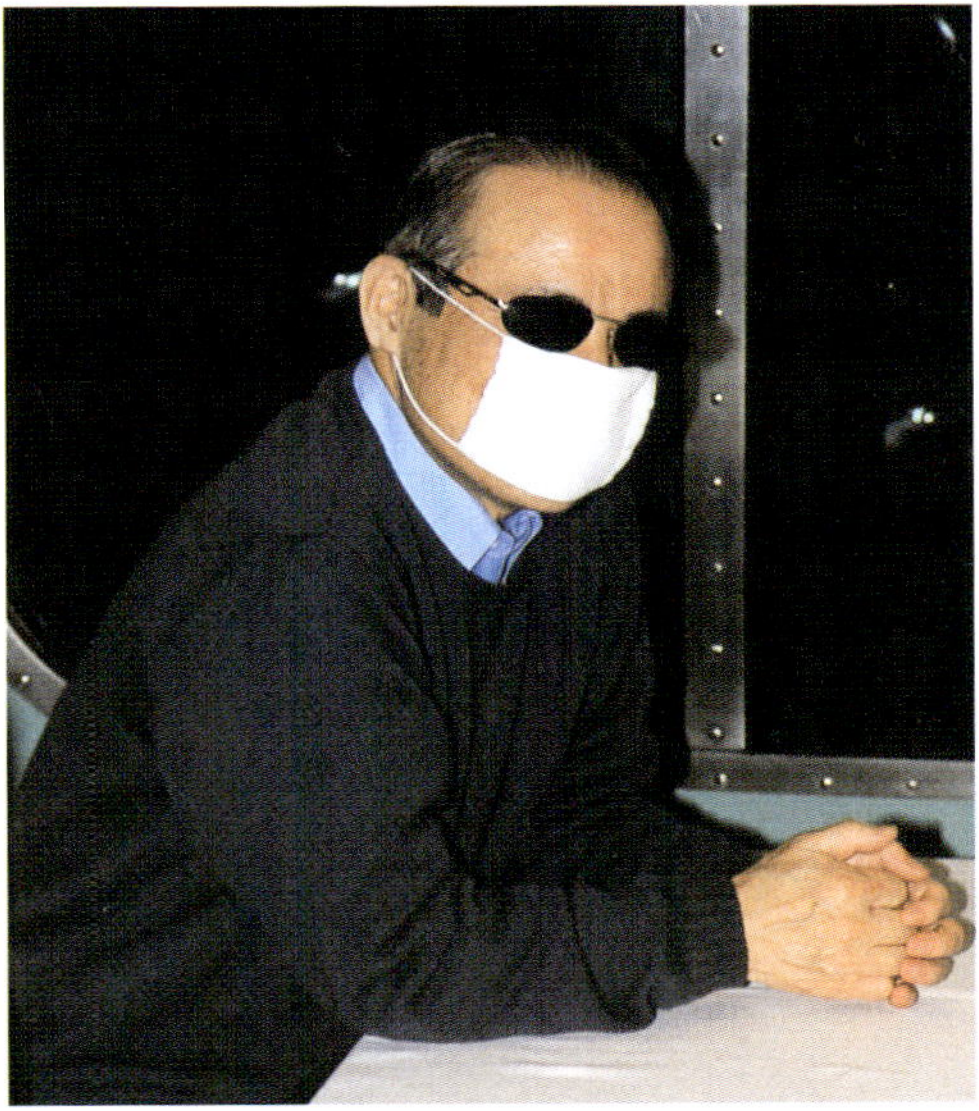

わっ、誰だ!!
この怪しい人物は？

Xがふたつでダブルエックス

早坂先生だめです、そんな怪人について行っちゃ……って、なんだか楽しそう

ここは軽井沢のセンセの自宅、という設定。左は原稿を受け取りにきた編集者

「榎木光彦」との軽やかな掛合い漫才、ではなく重要捜査会議

センセは自信たっぷりに断言するが、みんなは心配顔

なんと、これは偽センセ。トマトを平気で食べてしまった

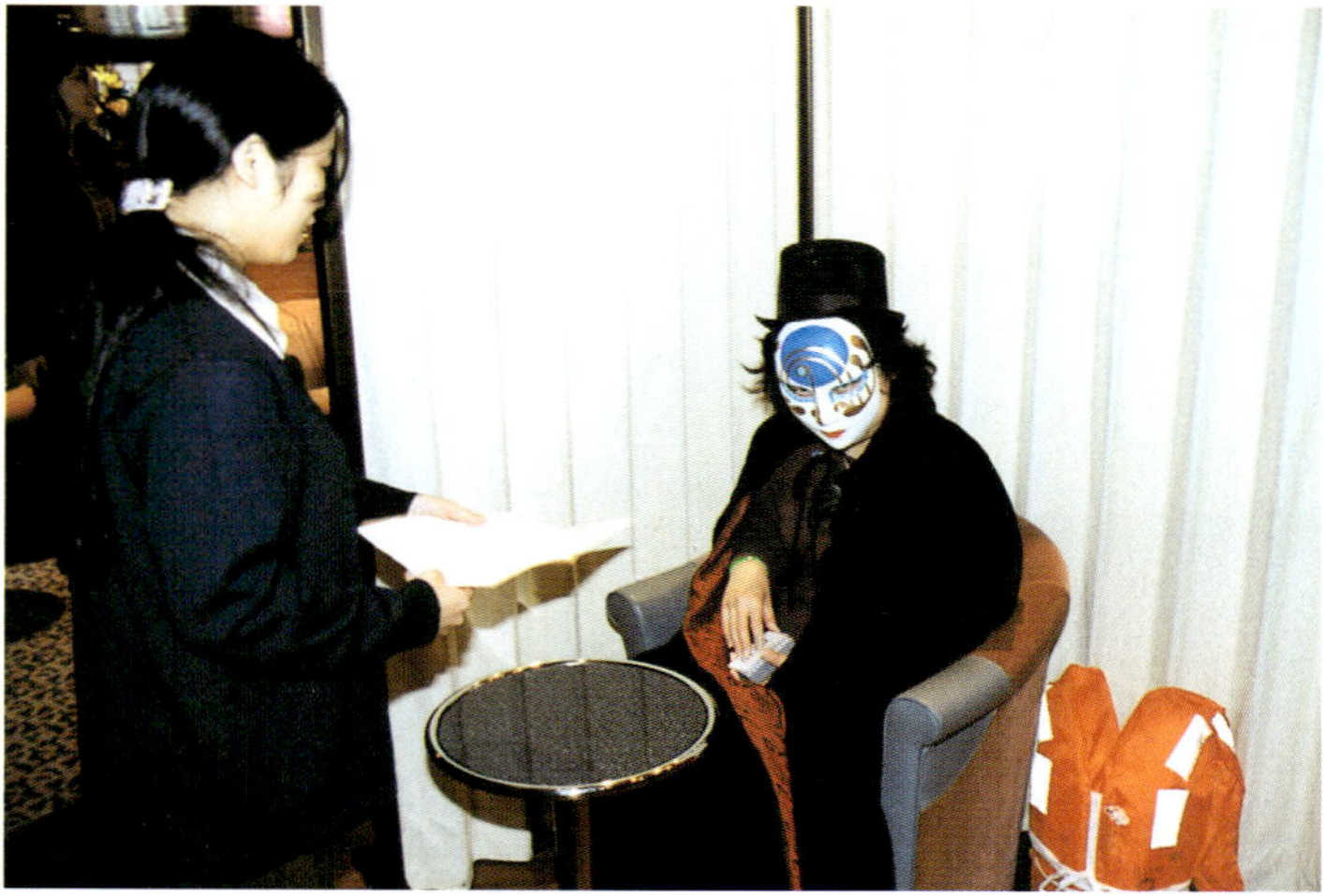

ミスターXXの手下
ラ・ハーミヤ(写真上)は
不気味な人物。
しかし全国から集まった
探偵はセンセ救出のため、
ラ・ハーミヤに解答を
出さなければならない

受付で挑戦状を受け取り、
解答できたら
ラ・ハーミヤに提出する。
正解者は百名を突破し、
探偵たちは
センセ救出に成功した。
メデタシ、メデタシ……
なのだろうなあ、はて?

真相をパーフェクトに推理した人あり。会場からは盛大な拍手が贈られた

事件の早期解決を願って全員でかけ声、ではなくて実はジャンケンゲーム

演奏を楽しみながらディナー。ゴージャスな気分になる

浅見さんももちろん
避難訓練に参加。
救命胴衣を着用しても、
さすがに
絵になっている

一時間だけ
とはいえ、
ブリッジも
見学できた。
気分はもう
「飛鳥」の
キャプテン

三宅島はまだ
噴煙をあげていた

「飛鳥」から仰ぐ
日の出。
厳粛な気持ちになる

事件も無事解決して？
横浜港に帰ってきた「飛鳥」

集英社文庫

浅見光彦 四つの事件

名探偵と巡る旅

内 田 康 夫

集 英 社 版

本作品は、集英社文庫のために書き下ろしされました。

まえがき
浅見光彦と旅を楽しむ

内田康夫

「人生は旅」という言葉はよく聞きます。たしかに人生を振り返ってみると山あり谷ありで、長い道中を歩いてきた感慨が湧いてくるものです。

もっとも、大昔のテクテク歩く旅の時代はともかく、新幹線や飛行機の現代となると、「人生は旅」という実感はあまりないかもしれません。「人生」のほうは山あり谷ありですが、「旅」はまったく様変わりしてしまった。本来なら、目的地まで山も谷もあるはずが、飛行機で一気に飛び越えてしまっては、感興を呼び覚まされたり、感慨に耽ったりするひまもなさそうです。

人生だって旅のスピードアップに影響されて、むやみに忙しいことになった。コミュニケーションの方法も索漠としたものになりました。仕事も買い物も、電話一本どころかパソコンのネットで片づけられる。恋人に想いを伝えるのも「水茎の跡もうるわしく」などと悠長なことを言ってられない（念のためにお若い読者のために解説すると「水茎」とは筆のことで、「水茎の跡」は筆跡または手紙のことを意味します）。

電話はおろか、通勤電車の中で携帯電話片手にプチプチと親指を動かして、メールを送っている人が目立ちます。まことに安直で誠意がこもっていないようにも見えますが、速戦即決、面倒くさいことはいや――という趣旨には沿っています。それで、相手が留守中でもちゃんと想いが届くのですから、何も問題はないという時代なのでしょう。近頃は会社に出ないで在宅のまま仕事をする人も増えているそうですから、人間が移動する必要性はますます少なくなりつつあります。

「人生は旅」などと悟ってしまえない人は、逆に「旅は人生」という考えをしてみるのはどうでしょうか。

飛行機で飛び回るのもいいけれど、旅に人生をなぞらえるような感慨を抱ける旅をするのも悪くありません。四国八十八ケ所のお遍路さんなど、ゆったりした旅をしている姿を見ると、ああ、あれが本来の旅なのだな――と実感できるし、ああいう人生を歩めたら、さぞかしいいだろう――とも思えてくるのです。もっとも、ご当人にとっては苦い過去を嚙みしめながらの、つらい懺悔《ざんげ》の旅であるのかもしれないので、他人の勝手な推測は許されませんが、ある意味では、そういう旅ができるゆとりは羨《うらや》ましくもあります。人生の旅だって、走りっぱなしに急ぎまくってばかりいないで、たまにはのんびり、自分を見つめる旅をしたいものです。

そうはいっても現実に、多忙な社会で生きてゆくわれわれには、なかなか悠長な旅を楽しむゆとりはありません。東京から博多まで日帰りのトンボ返りのような、「人生」どころかほんの一瞬にも似た忙しい「旅」をしている人がほとんどです。休日を楽しむはずの旅でさえ、「買い物ツアー」といった世知辛い目的を定めた、まるで戦争にでも出かけるような旅行だったりします。

僕の住む軽井沢にアウトレットとかいうショッピングモールが誕生して、それはもう大変な賑わいです。休日はもちろん、平日でも東京ナンバーの車が犇《ひしめ》いている。そんな遠くから買い物にくる人の気が知れない——と思うのは時代感覚がずれているらしい。とにかくそういう目的でも何でも、何か目的を定めないと旅に出かけるモチベーションが湧かないということなのでしょうか。

とはいえ、どんなに慌ただしく短い旅にもそれなりに山もあれば谷もあります。出がけに挨拶を交わした、あまり親しくない近所の人も、旅の第一歩と思えばなんとなく懐かしく思えます。車で街角を曲がれば、あるいは駅の改札口を通れば、これはもう立派な旅の始まりです。人生双六《すごろく》になぞらえて、一つ一つの出来事や風物にあたたかい眼差しを注げば、一入《ひとしお》、旅の楽しさも増そうというものです。

人生もまた同じです。不愉快なこと、いやなヤツとの出会いも、旅先の風景として眺めれば、それはそれで面白くも楽しくも思えてきはしないでしょうか。

浅見光彦の「事件簿」には沢山の旅が書かれています。「犬も歩けば棒にあたる」ではなく「浅見も歩けば事件にあたる」ごとく、旅と事件が結びついています。そんなに都合よく(?)事件に遭遇するか？——とお疑いの方だって、いつどこでどんな事件に出くわすか分かりません。いや、現実にわが身に事件が降りかかってこないという保証はないのです。ひょっとすると、あなた自身が旅先で事件の被害者となって、路上に横たわっていたり、冷たい海に浮かんでいたりしないとも限りません。

趣味の悪い冗談はほどほどにして、とにかく浅見光彦はじつによく事件と出会う、運のいい(?)ヤツです。その事件簿を横取りしてミステリーを書く僕にとっては、まことに都合のいい存在で、浅見のような友人を持った僕は彼以上に幸運といえます。

ミステリーの面白さの一つは、それが紙の上に印刷された架空《かくう》の出来事だという安心感があることにあります。誰にしたって、自分が事件に巻き込まれるのでなければ、あるいは絶対に安全が保証されているならば、相当残虐な事件であっても、対岸の火事然として眺めることができるものなのです。まして僕のような軟弱で臆病な人間が書くミステリーには、むやみに恐ろしいばかりの話はありません。

浅見が出会った事件の真相が、本質的には残虐だったり醜悪だったりしても、浅見光彦というフィルターを通して紹介されると、不思議にそうは見えない。むしろ、死体の横たわっていた「現場」にさえ、どことなく旅情を感じてしまえることがあります。

実際、そういう「旅情」に出会えることを期待して旅するカップルもいるそうです。たとえば『後鳥羽伝説殺人事件』の第一現場となった広島県の三次《みよし》駅の高架橋を渡って「ここがあの時の現場ね」と喜んだり、『天河《てんかわ》伝説殺人事件』の天川村、『軽井沢殺人事件』の軽井沢大橋など、わざわざその「現場」を確認する旅に出かけるというのだから、物好きなものです。

さて、浅見光彦倶楽部が企画したり僕が監修した「ミステリー・ツアー」は、これまでに二十回近く行われているのではないでしょうか。本来は浅見が案内したり先導したりすべき旅なのですが、本人は滅多に現れることがない。まあ、こっちも彼の了解なしにやっているので文句も言えません。それどころか、代わりに僕が案内役を務めることになるのですが、それでも参加者の皆さんは喜んでくれます。

ツアー参加者の究極の希望は浅見光彦と一緒に旅をすること——だと思いますが、それを実現するのは相当に難しい。何しろ彼はシャイな男で、ことに女性を前にすると妙に緊張する体質らしい。これまでずいぶん浅見光彦を主人公とする作品を書いてきましたが、そのほとんどが一人旅です。たまに女性を助手席に乗せて走ることもないわけではないが、それはアクシデントのようなものか、それとも女性の案内で事件現場を訪れるとかいったケースだと思います。

その点、僕はときどき彼の車に乗せてもらうチャンスがあります。最も強烈な印象の残る旅は『熊野古道殺人事件』で書いた和歌山県熊野地方への旅でした。その時は一緒に旅をしたどころか、僕が彼の車を運転して、崖に激突、車は大破するし、僕も怪我を負うという、たいへんな災難を被りました。

そういうこともあるから、浅見との旅はお勧めしません。しかし、浅見光彦が訪れた土地を訪ねる旅、これはお勧めできる。それこそ一人旅で行くのもいいし、気の合った仲間同士で行ければなお楽しい。浅見光彦倶楽部のミステリー・ツアーも大勢の同好の人たちと、同じ思いや目的を抱いて行く旅だから面白いのかもしれません。

この本でもいくつかの「ミステリー・ツアー」をご紹介します。新たな旅の楽しみ方のご参考になりそうですが、その中には随所に浅見光彦（と思われる人物）が登場していま す。ところが、参加した人々の多くは、どれがそうなのか、はたして本物なのかよく分からないまま、旅を終えてしまいます。皆さんの前に出現する時の浅見は、テレビドラマの榎木孝明さんにそっくりだったり、姿かたちがいろいろに変化するので、素人にはなかなか見分けがつかないのでしょう。また、時期によって急に若返ったりもします。この本が刊行される頃には、ひょっとすると俳優の中村俊介《しゅんすけ》さんによく似ている——などという噂が広まっているかもしれません。

考えてみると、浅見光彦という人物の存在自体がミステリアスといえます。僕が紹介した彼の事件簿はすでに八十を超えているのですが、扱った事件のほとんどが、浅見光彦三十三歳の時に扱ったものであるのですから、摩訶不思議というほかはありません。その事件ごとに、浅見の旅の日程を記録している物好きな御仁もいるそうです。それによると、浅見は信じられないスピードで日本中を飛び回っていることになるらしい。浅見光彦こそが、日本で最も忙しい旅人というわけで、その意味では少し気の毒な気もします。

われわれは浅見のように特別な使命を与えられているわけではないから、のんびりした旅をしようと思えば、いくらでも可能です。彼の事件簿を片手に、懐かしい（？）事件現場を訪ねて歩く旅を、これからもつづけてゆきたいものです。

二〇〇二年夏

目次

☆本文企画・構成
　山前　譲

☆協　　力
　浅見光彦倶楽部／Ｔea　Ｓalon軽井沢の芽衣／
　愛媛県／内子町（内子座）／
　劇団無限蒸気社／エス・ピー・シー／
　ＪＴＢ松山支店／
　郵船クルーズ／中村庸夫／
　オフィス・タカ／
　「名探偵★浅見光彦の住む街」実行委員会（霜降銀座ほか西ヶ原周辺の商店街）／東京都北区／
　ＪＲ東日本／木曽福島町／楢川村／
　ジェイアール東日本企画／スーパータンク／
　佐久間好美／榎本妙子

☆「飛鳥」ミステリークルーズ企画・制作
　大森茂＋浅見光彦倶楽部＋郵船クルーズ

☆「ミステリアス信州」：主催・ＪＲ東日本
　イベント企画・制作：ジェイアール東日本企画＋浅見光彦倶楽部＋スーパータンク

☆マップ作成
　長野佐江子

☆本文レイアウト
　島村　稔＋しまクリエイト

第一章　えひめミステリー紀行

道後・内子湯けむりミステリー

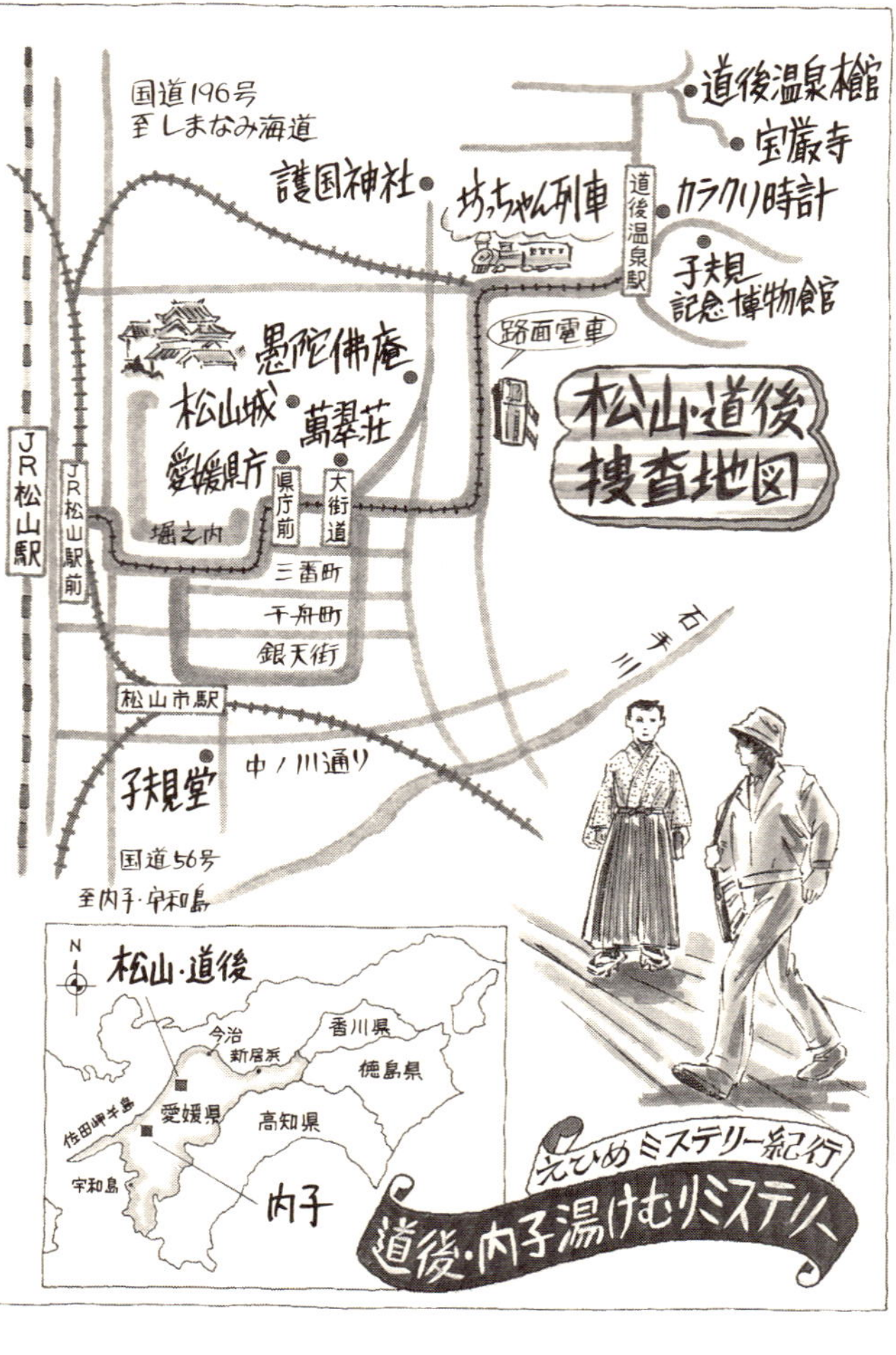

国道196号
至しまなみ海道
道後温泉本館
宝厳寺
護国神社
坊っちゃん列車
道後温泉駅
カラクリ時計
子規記念博物館
路面電車
愚陀佛庵
松山城
萬翠荘
愛媛県庁
県庁前
大街道
松山・道後
捜査地図
JR松山駅
JR松山駅前
堀之内
三番町
千舟町
銀天街
石手川
松山市駅
子規堂
中ノ川通り
国道56号
至内子・宇和島
松山・道後
今治
新居浜
香川県
徳島県
愛媛県
高知県
佐田岬半島
宇和島
内子
えひめミステリー紀行
道後・内子湯けむりミステリー

内子
捜査地図
高昌寺
国道56号
木蠟資料館
上芳我邸
本芳我邸
かわせみ
町家資料館
森文
大森和ろうそく
JR内子駅
下芳我邸
内子座
松乃屋
小田川
からり
(道の駅)
内子町役場
えひめ犬
佐田岬半島
今治
宇和島
新居浜

えひめミステリー紀行／団体旅行編（道後・内子湯けむりミステリー）

一　松山城に集合！

最初にまず問題をひとつ。「愛媛県を動物にたとえるとなーんだ？」。とんちクイズではない。地図をよく見ると分かるはず……と言いたいけれど、ヒントなしにこの答えが「犬」と分かる人はどれくらいいるだろう。佐田岬半島が尾、宇和島あたりが後ろ足、今治市あたりが頭で、新居浜市から先を前足に見立てれば、たしかにこちらを向いて元気に跳びはねている犬――愛媛犬になってしまうのだ。

愛媛県が出した新聞広告にあったミニ知識だが、一九九九年五月、尾道・今治間を結ぶ瀬戸内しまなみ海道（西瀬戸自動車道）が開通して以来、愛媛県は積極的に観光キャンペーンを展開してきた。ずいぶん観光客は増えたというが、二〇〇一年の秋から冬にかけて行われた「えひめミステリー紀行」も、その愛媛県にＪＲ四国とＪＴＢ松山支店が協力して企画されたものだった。

「えひめミステリー紀行」の監修者は、浅見光彦シリーズで多くの読者を魅了している内田康夫先生である。人気最高の名探偵浅見光彦は、母親の雪江未亡人、兄の陽一郎一家、お手伝いの須美子と、東京都北区西ヶ原三丁目に住んでいる。ルポライターの仕事で全国各地に行き、事件に遭遇してきた（もちろん依頼されての探偵行もある）。一九九九年刊の『ユタが愛した探偵』でついに全都道府県を訪れた。永遠の三十三歳を約束された好青年は、作品ごとに美しい女性の心をときめかせながら、いまだ独身である。

愛媛県はその浅見光彦が『坊っちゃん殺人事件』で訪れて難事件を解決した思い出の地だ。また、『しまなみ海道殺人事件』（仮題）と題した長編も執筆中との情報もある。いま内田康夫ファンが注目の場所は愛媛県！　これはちょっとオーバーにしても、「えひめミステリー紀行」には興味津々である。

ミステリー紀行といえば、長野県を舞台にした「ミステリアス信州」が人気ツアーとして一九九五年から毎年行われてきた（集英社文庫『浅見光彦を追え』『浅見光彦 豪華客船「飛鳥」の名推理』参照）。旅と謎解きをミックスしたユニークなツアーには多くの人が参加している。愛媛県では今回が初めての試みとなるわけだが、どんなものになるのか期待が高まる。

メインとなるのはやはりミステリーの旅である。道後温泉で全国に知られる松山市と、白壁の町並みが保存されている内子町が舞台となっているが、九月の団体旅行と、十月から十二月にかけての個人旅行とに分かれている。チェック・ポイントを捜しての謎解きの旅である。その個人旅行の期間中、よくマスコミで紹介される内子町の芝居小屋「内子座」がミステリーシアターとなる。浅見光彦も登場するオリジナルのミステリー劇が上演されるという。さらに、内田先生との交流会もあるとかで、なにやら愛媛県はミステリー一色である。

一番の楽しみはもちろん、内田先生とともに旅する団体旅行だ。題して『道後・内子湯けむりミステリー』。謎解きのほか、内田先生を囲んでのパーティも企画されている。宿泊地はもちろん道後温泉だ。

ツアー参加者のもとには、出発の直前、例によって内田先生からの「参加者を旅へ誘う」メッセージが届けられる。

*

軽井沢では秋風が吹くこのごろ。

優秀な探偵諸君、いかがお過ごしですか。

先日、『しまなみ海道殺人事件』の取材でお世話になった愛媛新聞の記者・中居さんから、

「東京に住む親友の消息がわからないので探してほしい」

と電話で相談を受けました。
僕はさっそく、名探偵・浅見光彦にその捜査を依頼したのです。
浅見クンは東京で中居さんに会い一緒に捜索をはじめました。
どうやら、中居さんの親友は
「ひょいっと……晴れきっている」
という謎の言葉を残し、失踪したようなのです。
聞き込みの結果、二人は急いで愛媛県に向かったようですが、
浅見クンから松山に着いたとの連絡があったあと、
音信が途絶えてしまいました。
……無事解決したのであればいいのですが、
どうも胸騒ぎがします。
皆さん、僕と一緒に浅見クンの後を追い、
謎を解明してくれませんか。
謎解きの最初の鍵は、
松山市のシンボル＝松山城にあるようです。

9月15日正午、松山城山頂広場へ集まってください。
浅見クンを出し抜くほどの優秀な諸君の活躍を、
大いに期待しています。
秋の愛媛で会いましょう。

＊

かくしてツアー参加者は松山城を目指すことになった。そこに何が待っているのかまだまったく分からないが、ミステリー紀行ならではのミステリアスな発端だ。松山までの交通機関はツアー代金に含まれていない。陸路か空路か、はたまた海路か。なんとしても所定の時刻までに松山城に行かなければならないのである。

二　オープニングは怪しげに

敬老の日の九月十五日、いざ松山へ行かんと、羽田の東京国際空港へ向かう。そこで待っていたのは長蛇の列だった。四日前に起こったのが、ニューヨークでの大惨事である。乗客への厳しい手荷物検査で、のきなみ出発便が遅れているようだ。一瞬、不安がよぎる。ちゃんと間に合うのかな——。遅刻してしまっては探偵失格である。もう一便早くすればよかったのか、鉄道で前日に向かえばよかったのか。いまさら慌ててもどうしようもない。

しかも、松山の天候は雨らしい。空港の売店で安物のカッパを調達したが、なんとも不安な旅立ちとなった。

東京・松山間は一時間二十分ほどである。フライトは快適だったが、やはり天候はしだいに悪くなる。眼下にようやく見えてきた海。空港も見えはじめた。だが、雲は多く、滑走路も濡れているようだ。

小雨の松山空港ではさらなるアクシデントが待っていた。航空便の遅れで到着が十二時近くとなったため、空港と松山城を結ぶツアー用のシャトルバスに間に合わなかったのである。じつは、なんともうっかりした話だが、松山城がどこにあるかまったく調べていなかった。松山空港からどのくらいかかるのか分からない。どっちの方角にあるのかも分からない。いきなり迷子状態である。

本当に遅刻が心配になってきたが、ぼやぼやしている場合ではない。頼りになるのはタクシーである。ところが、そこにさらなる試練が待っていた。「松山城へは車では行けませんよ」と、運転手は当然のように言うのである。まさか歩いて!?

じつは、車が行けるのはロープウェイ乗り場までなのだ。松山市の中央、勝山の頂上にある松山城は標高が百三十二メートルあり、市内のほとんどの場所から目にすることができる。ようするに山のてっぺんにあって、一般車両が通行可能な道がないらしい。ますます遅刻の二文字がちらついてきた。とにかく急いでもらう。祭日のせいか市内の交通量は少なく、ロープウェイ乗り場まではスムーズに行けた。

なんともドジ続きだが、今度は幸運が待っていた。ロープウェイ乗り場で内田先生とばったり会ったのである。残念ながら浅見光彦の姿は見かけなかったけれど、ちょっと不安な気分もこれでなんとか持ち直した。内田先生が着かなければツアーも開始されないだろう。これで遅刻の心配はなくなった。

「城山ロープウェイ」はわずか数分の短いものだが、それなりに急角度で登っていく。リフトも並行してあった。浅見光彦同様に高所恐怖症の身には、どうしてあんな楽しげに乗れるのか分からない。だいたい、ロープウェイだってヒヤヒヤなのだ。内田先生がどんな様子だったかも記憶にない。

無事にロープウェイを降りる頃には、雨が完全に上がっていた。もう松山城である。ひとまず安心する。ただ、安心は一瞬のことだった。オープニング・イベントの会場への道程は簡単なものではなかったのである。ロープウェイの駅からさらに徒歩で十数分かかり、そしてやたらと急な上り坂だったのだ。

松山城は一六〇二（慶長七）年に築城が着手され、二十五年かけて完成した。姫路城、和歌山城と並ぶ三大連立式平山城として有名で、天守閣や城門は重要文化財に指定されている。一部、昭和になって復元されたところもあるが、要するに昔のままのお城なのだ。敵方の攻めに備えるため、天守閣までの道は、細く、きつく、曲がりくねっている。行けども行けども坂道である。

おまけに、雨上がりで濡れていて、ちょっと足を滑らせたら、どこまで転がっていくか分からない。三之丸、二之丸と慎重に登っていくが、まだ残暑の季節である。汗がにじみ出る。しかし、ふと見れば、内田先生はジャケット片手に涼しい顔で登っている（カラーページ参照）。ここで弱音を吐いたらおしまいと、必死で歩くのだった。

いったいどこをどう歩いたのか定かではないが、ようやく山頂に着き、天守閣が視界に入ってきたときにはホッとした。春ともなれば花見客で賑わうとのことで、売店がいくつかある。すでにおなかはペコペコだが、休んでいる場合ではない。急いで集合場所へ行かなければならない。

天守閣の足元というような位置にある広場に受付を見つけ、お弁当と捜査手帖を手にしてようやくひと息つく。見回せば、すでに参加者のほとんどが到着しているようだ。雨を考慮してのテントの下で、お弁当を広げたり、捜査手帖を読んだりしている。どうやらテントの前がイベントの舞台となるらしい。テーブルがあって、なにやら不気味な面が用意されている。早くも謎また謎である。

ミステリー・ツアーのメインが謎解きなのは間違いないが、もちろん観光の要素も大きい。面積的に狭い日本とはいえ、全国各地、それぞれに独自の旅情を誘っている。今回の『道後・内子湯けむりミステリー』でも、伝統や歴史が息づく名所旧跡を訪れ、愛媛県をより知ることになったが、まずツアー客を歓迎してくれたのは伊豫之國松山水軍太鼓だった。可愛らしい少女たちがパワフルに太鼓を叩く姿に、しばし見とれてしまう。

そして、いよいよ『道後・内子湯けむりミステリー』のスタートである。まず内田先生が登場、そもそもの事件の発端を説明していると、突然、テントの後ろから「木村さーん」と大きな声が上がる。どうしたのかと振り返ると、慌てた様子の二人の男性が走ってきた。

ひとりはお待ちかねの浅見光彦、もうひとりは内田先生の手紙で紹介されていた新聞記者の中居である。すでにふたりは、一緒に木村を捜しているようだ。ここにいるツアー参加者が頼りになる探偵諸君だと内田先生が紹介すると、中居はここまでの経緯を説明しはじめた。

なんでも中居と木村は、大学時代、有名な四国霊場巡りで知り合ったという。意気投合し、中居の松山の下宿に転がり込んだこともあった。卒業して木村は医者となる。優秀な医者だったが、重い病気で入院している婚約者の稲垣八重を残して、ある日、失踪してしまったのだ。事情を調べようと病院へ行ってみると……木村は熱弁をふるっていたが、突然、会場に怪しい雰囲気が漂う。お遍路姿に面を被った四人と、黒子らしき人々が現れたのだ。お遍路さんが面を取ると、不気味なメーキャップである。いったい何事かとびっくりしていると、木村医師が失踪した前後を語る回想シーンの案内役が、無表情なお遍路さ

松山城の
〝特設ステージ〟で
熱演が展開された

お遍路さんの面の下は
不気味なメーキャップ

んだったのだ。

木村医師、八重、病院長、木村のライバルである森医師らが登場して、ミステリー劇が始まる。松山城の一角がいきなり本格的な芝居のステージになった。八重のレントゲン写真にあった癌の影を、木村は見逃してしまう。自分のミスに責任を感じた木村は、病院から姿を消す。それを知った八重もまた、木村を捜そうとこっそり病院を抜け出すのだった。「ひょいっと四国へ晴れきっている」という俳句を書いた紙を残して。さらに、木村を殺してやると口走る謎の男も……。

こうしたストーリーは捜査手帖にも記されている。浅見と中居が病院で聞き込んで分かったのだ。「ひょいっと四国へ晴れきっている」は、昭和十四年、異色の俳人・種田山頭火《たねださんとうか》が松山へ向かう船上で詠んだ句である。松山は正岡子規ほか多くの俳人を輩出したところで知られ、いたるところに句碑があるが、山頭火も最晩年を松山でおくっている。きっと木村と彼を捜しに行った八重は松山に——。探偵行の発端をこうした劇で楽しめるとは、意表をついた印象的なオープニング・イベントだった。

ちなみに、八十八ケ所霊場のうち、松山市には第四十六番札所から第五十三番札所まで八つあるとのことだ。その霊場の醸し出すミステリアスな雰囲気を生かしたパフォーマンスは、愛媛県北条市の劇団無限蒸気社の面々である。一九九六年に結成されて以来、四国、中国、九州で意欲的な演劇活動をつづけている劇団で、今回のツアーのある意味ではメイン・キャラクターであった。ときにはシリアスに、ときにはコミカルにと、そのパフォーマンスでツアーは盛り上がったのである。

ただ、捜査手帖によれば中居記者は黒縁眼鏡の巨漢だが、実際には……といったミスマッチングもないわけではない。けれど、この中居記者が、若いのに（写真・66ページでは判断しないように）なかなか演技が達者である。早くもツアー参加者には注目の的となった。浅見光彦と同じ位に……。

もちろん、今回の謎解きをすべて彼らが演じてくれるわけではない。木村医師と八重の行方を知るためには、真面目に捜査しなければならないのだ。中居はなんとか木村医師と八重さんを捜し出してほしいと懇願する。浅見光彦がＪＲ松山駅で確認したところによれば、たしかに木村医師は松山に来ているとのことだ。では、二人はどこにいってしまったのか。

またあのお遍路さんが登場する。一瞬、会場に冷たい空気が吹き込んでくる。手には垂れ幕だ。

「二つの俳句を集めろ」「友の集う場所へ」

なんでも木村医師は、かつて正岡子規と夏目漱石が共同生活をしていた、愚陀佛庵《ぐだぶつあん》というところが気に入っていたという。友の集う場所――愚陀佛庵にいるに違いない！　浅見光彦と中居記者は駆け出す。いよいよ〝捜査の始まり〟ですと内田先生に見送られ、グループに分かれて出発である。

　時はちょうど午後二時。松山空港に着いたときの雨は嘘のように、ときおり陽も差す天気となった。ちょっとしたハイキング気分である。なお、このオープニング・イベントは、翌日の愛媛新聞に紹介された。けっして怪しい集団でないと、松山市民のみなさんはきっと分かってくださったに違いない。

三　意味不明の文言がそこかしこに

　ここで肝心の捜査手帖を紹介しておこう。これがなければミステリー・ツアーは始まらない。内田先生が監修した手帖は、団体旅行と個人旅行に共通のもので、木村医師と八重にまつわるストーリーがメインである。ストーリーにはところどころ空白があって、チェック・ポイントのどこかで入手しなければならない。そのチェック・ポイント、じつは松山市に十一ケ所、内子町に六ケ所もある。各ポイントごとに謎が用意され、手帖の「捜査記録パズル」を解いていく趣向も織り込まれている。見事正解すると、抽選でいろいろな賞品が当たるのだ。

　なにせ全部で十七ケ所である。ただ足を運ぶだけでもけっこう時間がかかりそうだ。これを全部回るのは大変だと思っていたら、どうやら団体旅行では重要なところだけを訪れるらしい。だいたい、松山城はチェック・ポイントに入っていないのだから、まだまだ先は長いのだ。

とにかく、その愚陀佛庵とやらが次の目的地となる。旗を手にしたＪＴＢ松山支店の添乗員の後について、松山城天守閣をあとにした。このあたりは普通の団体旅行となんら変わりはない……と思っていたら、前のほうに和服に袴姿の女性が見えた。どうみても今時の服装ではないが、なんとあの『坊っちゃん』に登場するマドンナだったのだ。もちろんただのマドンナではない。ちゃんと捜査のヒントを持っていた。

「逃げ水は」

なんのことかさっぱり分からないけれど、とりあえずはメモだ。ほんの一時間ほど前に登った道を下る。急だから下りといえども安心はできない。しかも、またもやロープウェイである。下りのほうがヒヤヒヤである。いったん路面電車も走る大きな通りに出てから、また城山のほうへと道を登っていく。捜査手帖の地図はじつに簡単なものである。いったいどこまで登るのかなと弱気になっていたところに忽然と現れたのが、前庭の芝生も鮮やかな洋館、萬翠荘《ばんすいそう》だった。

ここからがチェック・ポイント巡りとなる。謎は「萬翠荘は旧松山藩主□□□□定謨《さだこと》の別邸だった」。ちゃんとヒントの看板が玄関の前にあった。「久松定謨って誰だろう？　浅見光彦」と。いつも考えてしまうのだが、ミステリー紀行用の仕掛けは、一般の人にはかなり奇異なものにうつるだろう。何事かと悩む人が多いのではないか。

それはさておき、趣のある萬翠荘は、一九二二（大正十一）年、旧松山藩主の久松定謨が別邸として建てたもので、現在は愛媛県美術館分館郷土美術館となっている。三階建ての館はフランス式だというが、じつに美しい。芝生の上ではちょうどウエディングドレス姿の花嫁が写真撮影中で、洋館と見事にマッチしていたので思わず見とれてしまった。

この萬翠荘の歴史など、随所できちんと説明のあるのが団体旅行のいいところだ。なるほど、なるほどと聞いていると、地面に忽然とヒントが！　いつのまにか用意されていたのである。

「あやしき影を」

またもやなんとも意味不明の文言である（カラーページ参照）。とにかくメモだけはしておかなければならない。本当の目的地である愚陀佛庵は、萬翠荘の裏手、さらに細い道を登った林のなかにひっそりと建つ二階家だった。

一八九五（明治二十八）年四月九日、夏目漱石は松山中学に英語教師として赴任する。

六月、上野家の離れを下宿先とし、自らの号をとって愚陀佛庵と名付けた。同じ年の八月、病気療養のため帰省した正岡子規が身を寄せ、十月までの五十日余りを一緒に暮らした。高浜虚子らが訪れ、一種の文学サロンとして毎日賑やかだったらしい。ちょっと松山市内とは思えない辺鄙《へんぴ》なところで、昼でも薄暗い。よくこんなところにと思ったが、本物の愚陀佛庵は別のところに建っていたのだ。戦災で焼失してしまったのを、原形に忠実に復元したのである。一階はお茶席になっていた。

愚陀佛庵で往時を忍び、ふたたび萬翠荘に戻ってきたころには、すっかり晴れ上がって、いい旅行日和となっていた。この地域ではほかに愛媛県庁本館がチェック・ポイントだが、そこは省略して、路面電車で道後温泉へ移動である。たしかに木村医師は愚陀佛庵を訪れたようだが、浅見光彦と中居が駆け付けたときにはいなかった。道後温泉に宿を取ると言っていたらしい。

いまではあまり見掛けなくなった路面電車の伊予鉄道松山市内線は、伊予鉄道松山市駅、道後温泉、JR松山駅などを結んでいて、市内の移動にはとっても便利だ。なんとなくウキウキしながら乗り込む。ようやくゆっくり周りの風景を見る余裕ができたので、キョロキョロしていると、上一万というちょっと変わった名前の駅のホームに、大きな看板をもった男女がいた。なんとこんなところにも捜査のヒントがあったのだ。

「引きつれて」

ここは松山である。路面電車の中にも山頭火の句を発見したくらいだ。なんとなく分かってきた。松山城での「逃げ水は」、萬翠荘での「あやしき影を」、そして今回の「引きつれて」。三つ合わせると「逃げ水はあやしき影を引きつれて」という俳句になる。なにやら意味深だが、これだけではなんのことかまったく分からない。

それにしても、一両編成とはいえ、路面電車はミステリー紀行の貸し切りではない。電車の外を指差して騒いでいる一群は、松山市民にどう映ったのか。まだ新聞では紹介されていないのである。とても確かめたくない。

路面電車はガタゴトと何事もなかったかのように走り、道後温泉駅に無事（当たり前だ！）着いた。駅舎は大正時代の様子を再現したレトロな建物である。なんでもこの九月にリニューアルしたばかりとか。ここは捜査でもとくに重要なチェック・ポイントである。十七ケ所全部訪れなくても、六ケ所のスタンプ・ポイントのスタンプがあれば、捜査本部で必要な資料が貰えるのだが、道後温泉駅はそのスタンプ・ポイントのひとつなのだ。さらに、ストーリーの空白を埋めるシールも入手する。

道後温泉は三千年の歴史があるという。全国的に有名で、週末だからさすがに人が多い。まず目に付くのは大きなカラクリ時計だ。放生園《ほうじょうえん》という小さな広場にあるのだが、高さ

萬翠荘、愚陀佛庵とチェック・ポイントをめぐる

路面電車に乗っていても油断はならない。ここにも捜査のヒント

七メートル、定時になると太鼓の音とともに『坊っちゃん』でおなじみの人物の人形が現れ、マドンナの観光案内が流れる。タイミングのいいことに、着いた直後に太鼓の音が響きはじめた。三分ほど人形たちのパフォーマンスを楽しむ。

カラクリ時計の隣りにある道後温泉観光会館もスタンプ・ポイントである。スタンプを押してもらい、シールを入手する。会館内にはお土産も売られたりしていたが、うっかりすると重要なものを見逃してしまったかもしれない。それは俳句である。壁にさりげなく「道後村　旅の投句」などと掲示されているものだから、関係ないと思っていた。ところが、手帖のストーリーを読むと、浅見と中居がここで木村医師の俳句を発見しているのである。

「新涼のひと日をなにもせずにゐる　　東京　木村俊幸」

しかし、これは本当に見過ごしやすい。観光会館に入る前に、ちゃんと捜査手帖を熟読していれば大丈夫だが。

いくつかの捜査資料や道後温泉の案内図などを入手し、再びカラクリ時計の前で道後温泉の説明を受けていると、またまたお遍路さんの登場である。関係ない人にはかなり異様に見えただろう。天狗の面をつけているのだから。もちろん、ただ脅かすために登場した

うっかりすると見逃がしてしまう。
道後温泉観光会館に掲示されていたヒントの俳句。
左はお遍路さんから手渡された手掛かり

わけでない。なにか手掛かりをくれるようだ。まず一人、女性が恐る恐る貰いにいく。短冊だ。

「白きは九月の雲のきれつぱし　木村俊幸」

さすが俳句の街の松山である。俳句づくしでいくようだ。そういえば、本当に句碑が多い。カラクリ時計の近くにもちゃんとあった。

捜査手帖のストーリーによれば、八重も道後温泉に来たことを浅見と中居は確認し、界隈を捜索しているらしい。だが、すでに夕方である。本日の捜査はこれまでということで、宿泊先へと向かうことになった。

四　内田先生を囲んで盛り上がったパーティ

団体旅行ではあるけれど、宿泊先は予算に応じて選ぶことができた。今回は老舗の大和屋本館と奮発してみたが、まだ建物は新しくて、サービスも行き届いている。この旅館、本格的な能舞台が設けられていて、食事の最中に能を観ることができた。

夕食前のわずかな時間に、日本最古の湯とも言われる道後温泉をぶらりとしてみる。脛に傷のある白鷺が治療しているのを見て、温泉の効能を知ったという白鷺伝説が残っているが、意外に若い年代のお客が多く、なかなか活気がある。温泉街の中心となるのは、一八九四（明治二十七）年の建築で重要文化財の道後温泉本館。大浴場の「神の湯」と小浴場の「霊《たま》の湯」がある。わざわざ旅館の宿泊客も外湯感覚で来るほどだから、入り口はひとだかりが絶えない。時間がないので入るのは翌日にして、近くの居酒屋で「坊っちゃんビール」やら「マドンナビール」などをちょっと試して（？）から旅館へと戻る。

近海の魚を中心とした美味しい夕食は、それほどゆっくりとは味わっていられない。大和屋本館で午後九時から、内田先生を囲んでのパーティがあるからだ。松山城以後、捜索は浅見光彦やツアー参加者に任せっきりの内田先生である。じつは、九月十四日の夜、「瀬戸内しまなみ海道」の大三島で講演とサイン会を行っているので、もしかしたらちょっとお疲れだったのかもしれない。

ほかのホテルや旅館に泊まっている人たちも集まって、いよいよパーティが始まる。ナイト・イベントは「ミステリアス信州」で慣れているが、松山では「交流パーティ」となっている。いったいどんなものなのかと、思い思いに丸テーブルに座って待っていると、始まったのは派手な獅子舞。驚いていると今度は餅つきと、派手なパフォーマンスが繰り広げられる。最初は戸惑い気味だったが、しだいに和やかな雰囲気になっていく。内田先生も法被《はっぴ》姿で杵《きね》を振り上げ、みんなの掛け声に合わせてペッタンペッタン。さらに会場からもつき手が募られてペッタンペッタン。餅がつき上がる。

すっかり寛いだところで、再び内田先生が登場してお疲れ様と乾杯！　松山城に着くまでのスリルとサスペンスに比べれば、楽しい捜査だ。しばし歓談タイムのあと、今度は前田瑞枝愛媛県副知事から歓迎のメッセージがあった。全国で女性副知事はたった四人だけとかで、このツアーの十日ほど前に、松山市で「女性副知事サミット２００１えひめ」が開催されたばかりだった。県をあげての観光キャンペーンとして、このミステリー・ツアーへの期待は大きい。名菓タルトなど愛媛の名産品をお土産としていただいた。こんなツアーなら何度でも来たいものだ。

そうこうしているうちに、ほろ酔い気分になってきた。各テーブルで内田先生を囲んで記念写真撮影も始まって、パーティは宴たけなわだが、肝心のことを忘れている。木村医師と八重の行方である。そろそろ気を引き締めて本来の任務に戻らなければならない。内田先生と司会者のリードでいわば合同捜査会議である。

内田先生は今日発見したふたつの俳句、すなわち、

「逃げ水はあやしき影を引きつれて」
「白きは九月の雲の切れつぱし」

の二句が大切だという。後者は木村さんの辞世の句、前者は今度の出来事を示唆するものではないかと語る。そこにまたまた現れたのが、不気味なお遍路さんである。

「二つの俳句を和ろうそくにかざせ」

そういえば、内田先生の前で蠟燭《ろうそく》が燃えている。まず「白きは九月の雲の切れつぱし」の短冊を炎にかざすと、会場が暗転し、ミステリー劇が始まるのだった。

登場したのは木村、八重、中居。木村は中居に八重と婚約したことを伝える。結婚したらどこか田舎で診療所を開きたいと語る木村。彼が八重とともに去ったところに、気のった男が登場する。中居と喧嘩沙汰になるが、八重の兄と分かって打ち解け、バーで語り合う。両親がいないので、兄は妹のことが心配なのだ。木村と八重の深い愛を知って安心する兄。

捜査手帖には書かれていない、木村と八重の微笑ましいエピソードである。内田先生はつづいて「逃げ水はあやしき影を引きつれて」の短冊を炎にかざす。

時は変わって現在である。道後温泉観光案内所を訪れ、木村が大和屋旅館に泊まろうとしていたことを知る浅見と中居。サングラスをかけた怪しい男が二人を追っていく。大和屋旅館には木村の姿はなかった。すでに内子町へ行ってしまったようだ。しかも、なんと八重の兄が先に現れていた。なおも情報を集めようとする浅見と中居。そのあとをまたもや追うサングラスの男――。

「あやしき影」とはサングラスの男なのだろう。いったい誰なのか。内田先生が問い掛けると、なぜか大和屋の仲居さんが、知ってますと手を挙げる。その男は草薙《くさなぎ》といい、木村と同じ病院に勤務しているとのことだった。それでは内子でさらに捜査をつづけましょうと、内田先生が締めてパーティは終わった。

ただ捜査手帖のストーリーをなぞるだけではなく、いろいろ新しいデータを織り込んでのミステリー劇だった。たっぷり楽しんで、時間の経つのを忘れていたが、もう夜も更けてきた。温泉で一日の疲れを癒して、明日の捜査に備えなければならない。早く寝よう……といきたいが、せっかくの道後温泉である。少しくらい夜の雰囲気を味わってもいいだろう。まだけっこう人出はあったのに、スナックが並ぶ「ネオン坂」（道後温泉は坂が多い）はまったく人影がなく、ネオンも疎らでシーンとしている。いかにも温泉地らしい歓楽街なのだが、これも時代の流れだろうか。

五　エンディングは幻想的に

明けて九月十六日、日曜日。雲ひとつない快晴である。こうなると逆に暑さが心配になってくる。前日の疲れをものともせず早起きする。道後温泉本館の湯に入りたいからだ。朝食はなんと六時四十五分からで、あまり時間はない。六時ちょっと前に駆け付けると、驚いたことに、入り口はすでに浴衣姿で黒山の人だかり。誰でも考えることは同じだ。

見ると多いのは女性客である。しかも、六時の太鼓とともに、まさに脱兎のごとく、彼女たちが中に突進していく。聞けば（見たわけではありません、念の為）、男湯は二室なのに女湯は一室しかないそうだ。だから急いでいたようである。男湯はいたってのんびりしたものだが、それでも坊っちゃんのように泳げはしない。地元の人もたくさんいて、庶民的な雰囲気だ。

一階の「神の湯」の右の湯殿には「坊っちゃん泳ぐべからず」の木札がちゃんとあった。この本館もチェック・ポイントのひとつで、謎はこの木札がある浴室の名前だった。女性はいったいどうやって確認すればいいのかな。

三階には漱石が愛用していた個室「坊っちゃんの間」があり、見学することができる。なにせ築百年以上だ。歴史の重みがある。じつは、料金はちょっと高いけれど、三階の個室での休憩をセットにした入浴券もある。また、二階には「霊の湯」専用の休憩室もある。「神の湯」でも大広間での休憩付きの入浴券がある。いろいろ楽しめるのだが、さすがに今回はそんな余裕はない（経済的にではなく時間的に。これも念の為）。まさにカラスの行水で旅館へと戻った。

朝食後、内子町へ出発だ。大型バスに乗り込んで、二日目はすっかり観光旅行気分である。バスガイドさんがいろいろと案内をしてくれる。松山自動車道が開通してずいぶん便利になったようだ。右手に大きな野球場が見えてきた。プロ野球の試合も行われる「坊っちゃんスタジアム」である。正岡子規は野球好きでも知られるが、前日、「坊っちゃんスタジアム」で子規の句碑の除幕式が行われていた。「草茂みベースボールの道白し」の句が刻まれているという。二〇〇二年が子規没後百年の年で、秋の松山市ではさまざまなイベントが行われていた。

バスは快調に南下して内子町の駐車場へと入った。あらかじめ配られた案内図によれば、市街地の北の外れである。ここから南に向かい、十一時過ぎから内子座で行われるファイナル・イベントに参加するのが、二日目の捜査である。まず向かったのは「木蠟資料館」のある上芳我邸《かみはがてい》。チェック・ポイントの一つだ。

内子の木蠟はハゼの実が原料で、櫨蠟《はじろう》（ハゼローとも発音）と呼ばれる。江戸時代の中頃から蠟の生産が始まったというが、大量生産でかなり儲かったようだ。一八九四（明治二十七）年に建てられたという上芳我邸の主屋は広くてしっかりした造りである。土蔵などに木蠟に関する資料がいろいろ並べられ、製造工程がよく分かる。製品の和蠟燭には美しく装飾されたものもあった。

ただ、全盛期は明治の終わりから大正初期で、パラフィン蠟が輸入されだすと需要が減り、昭和初期には製造中止に追い込まれている。ここに展示されているのは後に内子町が長い間かけて収集したものだが、新しい展示棟には昔の生活ぶりを再現した人形があったりして、栄華盛りの頃をしのばせている。珍しい資料に見とれていると本来の仕事（？）を忘れてしまう。捜査手帖で浅見と中居の足取りを確認してみたが、どうやら上芳我邸には来ていないようである。

ちょうど向かいの中学校が運動会でかなり賑やかだ。ここからは個人行動で、それぞれ散策しながらの捜査となる。そういえば今日はまだ内田先生の姿を見ていない。寝坊でもしたのかな？　じつは、某所に出現するとの極秘情報を得ていたので（まるでＵＦＯか雪男みたいだが）、余裕をもっての散策である。

上芳我邸の本家になる本芳我邸《ほんはがてい》も、木蠟で財産をなしたとあって、なかなか立派な旧家だ。その隣りの大村家は江戸末期寛政年間の建物で、国指定重要文化財となっている。ちなみに、上芳我邸も本芳我邸も国指定重要文化財である。町家資料館も寛政年間の建物だ。当時の典型的な町家を修理復元したもので、当時の生活が再現されている。

このあたりまでがいわゆる白壁の町並みである。天気もよく、すっかり観光気分で、危うくチェック・ポイントを通り過ぎてしまうところだ。内子ではここだけになってしまった和蠟燭製造の大森和ろうそく屋である。ミステリー紀行のための看板には、「見落としはないか、もう一度捜査手帖を……」という浅見のメッセージが。すっかり気の緩んでいるのを見透かされてしまった。

お店の奥では、現在は六代目という和蠟燭の職人さんが蠟燭を作っている。なんと溶けた櫨の蠟を手で芯の回りにかけて、しだいに太くしていくのである。これは手間のかかる大変な作業だ。こうして作った蠟燭は、すすが出にくく、長く灯っているという。伝統的な技術はやはりいつまでも残していきたい。

初めて交差点の信号が見えてくるあたりからは、町並みが現代的になる。交差点を右折、次のチェック・ポイントの下芳我邸《しもはがてい》へと向かう。ここもかつての繁栄を窺わせる風格のある建物だが、じつは蕎麦屋である。蕎麦といえば浅見光彦の大好物。もしやと思ったら、「もりそばをたいへん美味しくいただきました」なんていう色紙があった。どうやらもう食べてしまい、どこかに行ってしまったようだ。

もっとも、この日は蕎麦屋ではなく内子捜査本部である。スタンプを押してストーリーのシールを貰ってと、店の中は朝から大賑わいだ。さすがに蕎麦はまだ入らない。コーヒーで寛ぎながら、捜査手帖のストーリーをチェックしているところに、ようやく内田先生が登場である。蕎麦屋から捜査本部に、そして今度はサイン会場にと、下芳我邸が大変身してしまう。

嵐のようなサイン会が終わって、捜査再開である。下芳我邸の近くにあるのが、商いと暮らし博物館こと内子町歴史民俗資料館だ。もともとは薬屋とのことだが、店先でいきなり人形の番頭さんが喋りだしてビックリ。遊び心のある資料館だ。残念ながらここでゆっくりする余裕はなく、チェック・ポイントの旅館松乃屋へと向かう。内子を訪れた木村医師が松乃屋に泊まったという設定である。

じつは、ミステリー紀行の順路としては、ＪＲ内子駅からこの松乃屋へ向かうのが順路である。内子座に近いとあって、ロビーには芝居のポスターがいっぱい飾られている。出演者の定宿とのことだ。食堂も併設されていて、『坊っちゃん殺人事件』で浅見光彦がまずいと思ったさつま定食もある。かなり触手を動かされたが、やはりちょっとお昼には早すぎた。

捜査もいよいよラストに近付いてきた。結局、浅見と中居も木村医師と八重を見つけられず、内子座へと向かうのだった。浅見は自分たちを尾行する怪しい人物に気付いていた。ツアー参加者はけっして怪しくないけれど、続々と内子座の前に集まってくる。

立派な歌舞伎劇場の内子座は、一九一六（大正五）年、大正天皇即位の大典を記念し、町の有志が資金を出し合って作られた。費用は当時のお金で三千四百円ほどである。その後、さまざまな用途に用いられ、傷みがひどくなって取り壊しの話も出たが、一九八五（昭和六十）年、建設当時の姿に復元された。このときの費用は七千万円ほどである。本格的な芝居小屋としてよくマスコミに取り上げられている。かの『坊っちゃん殺人事件』でも重要な舞台となっていた。

捜査手帖にスタンプを押して入場である。席を確保したあと、まず一通り見学だ。客席はけっこう多い。定員は六百五十人である。舞台下の奈落は薄暗くて不気味だった。古めかしい広告や、警察官が座る席が時代を語っている。たしかに本格的な芝居小屋だ。

内田先生が舞台右手の客席に着席する。そこにまたまた登場したのがお遍路さんである。ただ、今度はピースサインなんかしてやけにノリがいい。客席最後方にすすむと、おもむろに垂れ幕を広げる。「消火バケツをこの場所につるせ」と。あんまり捜査には関係なさそうだが、しかたがないとツアー客の一人が手伝って二階から紐でバケツを吊した。なんとも不可解な指示をしたお遍路さんは、内田先生とツーショットの写真を要求したりして去っていく。

なんだか分からないが、ともかくファイナル・イベントである。内田先生が現在までの状況をまとめたあと、緞帳が上がる。舞台に登場したのは内子座の管理人さんとかで、歴史を語りはじめると、一人の女性がふらふらと倒れそうになって現れる。一瞬ドキッとしたが、もうすでにミステリー劇は始まっていたのである。

その女性は八重だった。彼女は意識を失ったようだ。医者はいませんかという呼び掛けに応えたのは、なんと木村だった。思わぬ再会に動揺する木村。息も絶え絶えの八重。そこに飛び込んできたのが八重の兄の稲垣である。介抱するが、八重は息を引き取る。激しく木村を責める稲垣は、木村にナイフを渡して自殺を迫る。八重の死を目の当たりにし、茫然とする木村。業を煮やし、刺し殺そうとする稲垣。

それを止めたのが浅見光彦、そして中居である。木村は医療ミスを認め、死ぬ気だと語る。そこで浅見が意外な推理を披露する。木村はミスなんかしていなかったのだ。レントゲン写真がすり替えられていたのだと言って、客席を指差す。ひとりの男が立ち上がって後ろへ逃げ出すが、そこに待っていたのがあのバケツである。激しい音（これは本当）とともに倒れる。このために開演前、あんな小細工をしたのだった。芸が細かい。

謎の男の正体は、レントゲン技師の補佐をしている草薙だった。次期教授の椅子を木村と争っている森医師の策略だったのだ。舞台には木村と、すでに息のない八重が残される。木村は八重と最後の別れである。背後に八重とお遍路さんがほのかに浮かび上がり、幻想的な舞台となった。自殺を押しとどめる幻の八重。みんな私の命だと思って、命の炎を和蠟燭に点していって。桜吹雪舞うなか、やがて消えていく八重……。

なんとも物悲しい結末である。場内が明るくなると舞台には誰もいない。内田先生が登場して、古い芝居小屋が見せた幻だったかなとコメントする。センチメンタルな雰囲気に包まれ、いよいよファイナル・イベントも終わりである。内田先生がツアーの印象を語り、ミステリー紀行も結末を迎えた。

だが、芝居の余韻にひたっている場合ではなかった。外に捜査結果報告の箱が用意されていたのだ。そういえばまだちゃんと「捜査記録パズル」を解いていなかった。団体旅行

「お医者さんはいませんか？」の呼びかけに――

名キャラクターの「中居記者」

のスケジュールでは、ヒントをすべて得るのは難しい。だが、慌てることはなかった。答えはかな二文字で、「愛につづくもの」というヒントがあるのだ。「愛」につづくものといえば「うえ」、ではなくて「ひめ（媛）」である。これは簡単だろう。全員正解は間違いない。ふと振り返れば、内子座の前でもサイン会である。サインを終えた内田先生の見送りをうけて、昼食会場へと徒歩で移動する。

五、六分歩いて着いたのは、レストランではなくて、高橋邸という大きなお屋敷だった。内子の経済を発展させた旧家とのことだが、今は、文化交流ヴィラとして、ゲストハウスとなったり、研修会を行ったりしている。お弁当を食べながら、二日間の捜査を振り返っていると、素敵なゲストが登場した。さきほど内子座でミステリー劇を演じていた劇団無限蒸気社の皆さんである。記念撮影がつづくが、人気はやっぱり浅見光彦、そして中居記者。中居記者はひょうきんなキャラクターで皆を楽しませてくれた。

名残り惜しいがそろそろ時間である。JR松山駅へ、あるいは松山空港へと、バスに乗って移動しなければならない。内田先生に見送られ、内子町を離れる。すっかり晴れ上がり、車窓の風景が眩しい。あっという間の二日間だったが、趣向たっぷりのミステリー紀行を存分に楽しんだ。無限蒸気社のミステリー劇は、予想以上に本格的で印象に残った。初めて愛媛を舞台にした『道後・内子湯けむりミステリー』、さて参加者にどんな夢をもたらしただろうか。バスの中はすっかり睡魔に支配されていた。

年が明けて二月、浅見光彦からハガキが届いた。木村医師は四国八十八ケ所霊場めぐりをしているとか。我々の捜査はここにようやく終了したのだ。

えひめ旅は思い出作り

内田康夫

僕の文学体験の最初は、小学校（当時は国民学校）三年の時に読んだ夏目漱石の『坊っちゃん』です。この「原体験」はまことに鮮烈なものがありまして、坊っちゃんが、ハシケのような船で浜辺に着いた時の情景から、下宿屋の様子、悪ガキだらけの中学、道後温泉の風物、団子事件やバッタ騒動、ターナーの絵にありそうな島近くの海釣り風景、うらなり先生歓送会のドンチャン騒ぎ、赤シャツと野だいこを退治したクライマックス等々、五十数年を経たいまでも、ありありと思い浮かべることができます。

『坊っちゃん』を読むかぎりでは、漱石という人は、松山がよほど嫌いだったような印象を受けます。もっとも、初めて読んだ頃は、物語の舞台が四国の松山であると知っていたわけではなく、あくまでも小説の中の架空の場所だと思っていました。

後年、漱石と松山の関わりを知って、ああいう書き方をしていながら、じつは漱石は、松山に一方ならぬ愛着を抱いていたのではないかと思いました。「愛着」が当たらなければ、「面白さ」と言い換えてもいいかもしれません。漱石が松山のことをあんな風に書いたのは、江戸っ子らしい照れと、彼独特の皮相的な気質によるもので、本心は松山人が羨《うらや》ましかったのだと思います。

僕自身、何度も松山を訪れてみて、松山人の自由奔放な発想や暮らしぶり、悪くいえば万事につけ適当な生き方が、ちょっとしたカルチャーショックでもありました。それが漱石をして「天の底が抜けたような」と表現させた風景の明るさにも、松山市民のおおらかさにも通じるように思えるのです。

そういう素地があっただけに、僕はミステリー作家になって、「浅見光彦」という名探偵（？）を創出して間もなく、いつの日にか浅見を「坊っちゃん」のように松山を訪れさせて、『坊っちゃん殺人事件』を書こうと一念発起しました。浅見家のお手伝いの「須美子」嬢に、次男坊を「坊っちゃま」と呼ばせたのは、そのための布石だったといっても過言ではないのです。

そうしてついに、念願の『坊っちゃん殺人事件』を書きました。主たる舞台は松山市と内子《うちこ》町、五十崎《いかざき》町などです。あらためて取材にも訪れ、松山、道後、奥道後、西条、石鎚山《いしづちさん》、面河渓《おもごけい》、内子座、五十崎の小田川、大洲《おおず》の肱川《ひじかわ》河口、宇和島等々、愛媛県内を駆けめぐったものです。河辺村、小田町、久万《くま》町、砥部《とべ》町といった観光地としてはあまりポピュラーではないところも走りました。

知れば知るほど、「えひめ」というところは面白い——というのが、取材で得た収穫だったといえます。漱石が『坊っちゃん』で描いた、愉快きわまる登場人物と、ほんとうに出会えそうな気がしてきました。

それは何といっても、愛媛県が温暖な気候に恵まれていることに、その風土的な源泉がありそうです。まったく、愛媛を旅すると、身も心も温まります。石鎚山は修験道の霊山ですが、四国八十八ケ所巡りの巡礼たちも、愛媛県を旅する時は、気分もほぐれるのではないかと思えるのです。

さて、限られた時間内で「えひめ」のよさを満喫していただくために、何カ所か、僕のお勧めの場所をご紹介しましょう。

まず最初は、定番ともいうべき「道後」です。それも夕方の赤い光が柳越しに透けて見える頃合いがいい。温泉街のネオンや旅館の窓の明かりがちらほら灯り、浴衣姿でそぞろ歩きする人々が増えはじめます。道後温泉の暖簾《のれん》のあたりから、賑わいが広がって、しだいに宵の気配に溶け込んでゆく。あなたも、いつの間にか、湯煙のような淡い旅情に包まれることでしょう。

翌日は内子町を訪ねてみてください。『坊っちゃん殺人事件』ではここの「内子座」

の回り舞台が、そのまま事件の舞台になりましたが、今回もまた、「事件ストーリー」の舞台として使っています。

内子町はもともと木蠟《もくろう》（ハゼの木の成分からつくるロウ）の生産地でした。木蠟で財を成した豪商たちが、その潤沢な資金で建てたのが「内子座」です。熊本県の「八千代座」、香川県の「金丸座」とともに、日本を代表する芝居小屋で、木造二階建ての独特な構造は一見の価値があります。

内子座を出たら、豪商たちの「夢の跡」を偲ばせる町並みを散策しましょう。旧家の一室をそのまま喫茶サロンにした店で寛ぐのもよし。町並みのはずれにある、木蠟を練って和ロウソクを作る小さな店をひやかして、えひめ土産にするもよし。どの風景も、この旅の忘れがたい一ページになるはずです。

僕の『坊っちゃん殺人事件』では、隣の五十崎町も舞台になりました。ここはまるで、田園の中に作られた映画のオープンセットのような、不思議な雰囲気の漂う町です。五十崎は手漉き和紙と桐下駄で有名なのだそうですが、町で聞いた話によると、「かぐや姫の里」でもあるということです。もっとも、通りで出会った古老に真偽のほどを確かめたところ、「かぐや姫が月に帰るとき、わしらの先祖の記憶はぜーんぶ消されてしもーた」という、雲をつかむようなことでした。

ところで、僕が『坊っちゃん殺人事件』を書いた頃、東京から愛媛へのドライブは、岡山から坂出に瀬戸大橋で渡って、えんえん長い道のりでしたが、いまは「瀬戸内しまなみ海道」で広島県尾道から地続き。ずいぶん便利になったものです。便利だけでなく、しまなみ海道周辺の、これまでほとんど手つかずだった素晴らしい景観が、ほんとうに身近なものになりました。「えひめ」の観光も、大きく様変わりすることでしょう。

そういえば、今年の秋から、松山の市内電車に「坊っちゃん列車」が復活するということを聞きました。城山を背景に、機関車が走るのは、とても楽しみです。

愛媛は東西に長く広がった県です。真珠生産量日本一の宇和海をはじめ、海岸線が長く複雑に入り組んだ海は豊かな幸に恵まれ、瀬戸内海に面した温暖な傾斜地は、テレビCMでもお馴染みの「えひめみかん」のふるさとです。

この豊かな土地に育まれた暖かな人情に触れるのも、「えひめ旅」のまたとないお土産になるにちがいありません。

平成13年8月吉日　軽井沢にて

（「えひめミステリー紀行」捜査手帖から）

えひめミステリー紀行／個人旅行編

一　マドンナとの出会い

これからご紹介する「えひめミステリー紀行」の個人旅行編のストーリーは、基本的には団体旅行編と同じである。しかし自由に捜査するその内容には、また別の味わいがあった。

愛媛県松山市と内子町を舞台にした「えひめミステリー紀行」。個人による自由捜査の期間は二〇〇一（平成十三）年十月一日から十二月二十一日までだった。「失踪〜愛につづくもの〜」と題されたストーリーを完成させつつ、浅見光彦の調査の足跡を追っていく。チェック・ポイントは全部で十七ケ所。ポイントごとに謎があり、その答えで「捜査記録パズル」を解き、捜査結果報告として応募する。正解者には抽選で名産品などが当たる。

出発する前に捜査手帖をざっと見たところでは、簡単な謎もあれば、まったく歯がたたないものもある。とにかくちゃんと全部のポイントを回ったほうがいいようだ。せっかく松山へ行くのだから、一九九二（平成四）年に書き下ろし刊行された内田先生の『坊っちゃん殺人事件』に関係するところも回ってみたい。さらに、十月十二日からは「坊っちゃん列車」が走りはじめるという。かなり欲張りな旅になりそうだ。

秋晴れの週末、松山空港に着いたのは午前九時前である。一日を有効に使うためには、やはり早起きだ。『坊っちゃん殺人事件』での浅見光彦は、飛行機嫌いもあって岡山駅でレンタカーを借り松山に向かった。しかし、レントゲン写真で癌を見落としたのを苦にして失踪した木村医師や、彼の婚約者で重い病気のはずの八重を捜す今回の旅に、時間的な余裕はない。二人が死んでしまうかもしれないのだ。やむなく浅見は、相談をしてきた中居記者とともに、飛行機の客となっている。

まず向かうのはJRの松山駅である。ほかに伊予鉄道の松山市駅があるから少々紛らわしいが、捜査手帖によればここが第一のチェック・ポイントなのだ。浅見と中居も松山駅から調査を始め、木村医師が立ち寄ったことを確認している。いよいよ捜査開始だ。

謎1　JR松山駅にある句碑

「□□□昔　十五万石の城下哉」子規

ちょうど没後百年を迎えようかという正岡子規を筆頭に、高浜虚子など松山は俳人に縁が深い。きっとすぐ分かるだろうと思ったのに、なかなか句碑が見当たらない。松山駅はスタンプ・ポイントでもあるはずだが、「えひめミステリー紀行」をやっている雰囲気がまったくないのである。

　最初から捜査失敗かと、少々焦りながら、二〇〇〇年に改築されたレトロな雰囲気の駅舎の中をぐるぐる回った。そして、ようやく改札の近くの一角に、スタンプと手帖の空白部を埋めるシールを発見してホッとする。このスタンプを押しておかないと、困ったときに捜査資料が手に入らないのである。それにしても、ポスターがあるわけでもなし、なんとも控え目だ。もっとも、こんな朝早くから捜査に乗り出す人がいるとは、駅員は思わなかったかもしれない。本当はもっと目立つようにしてあるのだろう。

　肝心の子規の句碑は、駅を出て左手に少し歩いたところにあった。かなり大きい句碑である。謎の答えは「ハルヤ（春や）」だった。

　第二のチェック・ポイントは、松山城に近い愛媛県庁本館である。松山駅から歩いていくには遠いので、路面電車で移動する。駅前からまず向かったのは松山市駅。そこからは、今回の目的のひとつである「坊っちゃん列車」に乗り込む。

「坊っちゃん列車」というのは、もちろん夏目漱石『坊っちゃん』にちなんでのものだ。作中、坊っちゃんがマッチ箱のような汽車に乗車する場面がある。松山に日本初の軽便鉄道が開通したのは一八八八（明治二十一）年。漱石が松山中学に赴任した一八九五（明治二十八）年には、松山―道後温泉間にも開通した。交通の便を図って、なんとか温泉客を増やそうとしたのだ。ドイツから輸入された可愛い機関車は、『坊っちゃん』が話題になるにつれて、「坊っちゃん列車」と呼ばれるようになる。六十年余りにわたってたくさんの客を乗せたが、電化やディーゼル化に伴ってその活躍の場を失ってしまった。

その「坊っちゃん列車」が新たな観光資源として復元されたのだ。機関車は全長三・九メートル、幅一・七メートル。本当に小さい。二両の客車も小振りで、定員は十八人とか。かなり正確に復元されたものの、さすがに蒸気機関車というわけにはいかなかった。動力はディーゼルである。運転手や車掌もレトロな制服で、松山市駅にはなんと坊っちゃんとマドンナ、そして赤シャツの姿が！　小説の世界でお馴染みの面々が、一緒に乗車してくれたのだ。少々窮屈でも我慢しよう。

普通の路面電車の半分の時速約十キロだから、のんびりとしたものだ。それでも県庁に近い大街道駅まで七分足らず。料金の千円はずいぶん高い感じがするが（普通は百五十円）、ミニバッグにバンダナなどの記念グッズがどれかひとつ（カラーページ参照）、そして路面電車の一日フリー乗車券が付くのだから、かえって得した気分だった。電話とインターネットで予約を受付、当日券も用意されている。松山へ行ったら一度は乗ってみよう。

美しいマドンナに見とれているうち、すぐ大街道駅である。県庁へは少し西へ戻る。じつは県庁前にも駅はあるのだが、「坊っちゃん列車」は止まらないのだ。県庁で驚かされたのは、レトロな趣の建物ではなく、「えひめミステリー紀行」のどでかい看板だった

（カラーページ参照）。とにかく目立つ。この企画にかける愛媛県の意気込みが伝わってくる。

謎2　愛媛県庁本館は□□□□4年の建築

鉄筋四階建ての建物の完成は、じつは昭和に入ってから。この情報は捜査手帖に記されていたのですぐ分かる。もっとも、四文字だから明治や大正ではないし、いくらなんでも平成ということはないだろう。

べつに県庁そのものに用事はないけれど、『坊っちゃん殺人事件』では浅見光彦が観光課や社会教育課を訪れていた。ちょっと雰囲気でもと構内に入ってみる。すると、なにやら看板が見えた。「大正ロマン風というが、昭和に入って建てられたものか……　浅見光彦」と書かれているではないか！　さきに松山を訪れている浅見からのヒントのようだ。ひょっとすると松山駅にもあった？　しかし、いま戻る余裕はない。あとで確認するしかない。

県庁から少し東へ行き、裁判所の角を曲がって北へ。坂道を登れば三番目のチェック・ポイントの萬翠荘である。

松山市内を行く
坊っちゃん列車

これぞ
コスプレ！

謎3　萬翠荘は旧松山藩主□□□□定謨の別邸だった。

　もう見逃すことはない。玄関脇にちゃんと浅見のメッセージがあった。「久松定謨って誰だろう？」とはずいぶんストレートなヒントである。

　松山城山の山麓に建つフランス式洋館は、それ自体が美術品と言えるだろう。久松定謨は陸軍駐在武官として長くフランスに滞在、陸軍きってのフランス通だった。だから建物もフランス風なのだ。ちなみに設計者は県庁本館も手掛けた木子七郎である。ステンドグラスがなかなか美しいが、なんでもハワイに注文したものとか。戦後は、米軍将校宿舎、家庭裁判所、県立郷土美術館を経て、愛媛県美術館分館郷土美術館となった。地元の画家の作品が主に展示されている。

　ここで浅見と中居が向かったのは、裏手にある愚陀佛庵のほうである。夏目漱石の下宿先で、子規が一時期同居したこともある建物を復元したものだ。

謎4　漱石が愚陀佛庵で詠んだ俳句

「愚陀佛は主人の名なり□□□□□」

これは漱石の伝記でも探さないといけないのかと思っていたら、浅見光彦のヒントは

「『愚陀佛は主人の名なり冬籠』この漱石の句を口ずさんだ人物が……」と、じつに分かりやすい。

浅見と中居は木村医師のことを管理人に聞く。かなり思い詰めた表情をしていたらしい。そして、道後温泉に向かうと言っていたとのことだ。すぐに浅見らも道後温泉へ向かう。こちらもその後を追って……といきたいところだが、松山市街の四ポイントをクリアしたところで、ちょっと寄り道である。『坊っちゃん殺人事件』で浅見が資料を探しにいった県立図書館が近くにあるからだ。

浅見のように松山と俳句の関係をじっくり勉強している時間はないのだが、「グラフえひめ」という広報誌に内田先生の姿を発見（！）したのは思わぬ収穫だった。愛媛県知事がしまなみ海道を舞台とする小説の執筆を依頼したときのものである。やはり労を惜しまず足を運んでみるものだ。

『坊っちゃん殺人事件』では、図書館を出た浅見が、近くの商店街で、母親の雪江へのお土産として、名菓のタルトを買っている。そして、レストランでカレーライスを食べているのだが、さすがにそこまでは付き合いきれない。また路面電車に乗って、道後温泉へと向かう。終点の道後温泉駅がチェック・ポイントである。団体旅行ではあまり行かなかったが、道後温泉のチェック・ポイントが一番多いのだ。

萬翠荘はフランス式洋館

写真左に浅見光彦のヒントがあった（愚陀佛庵にて）

二　道後温泉で坊っちゃん気分

謎5　道後温泉駅は、市民の足として親しまれている□□□□□□□の終着駅

浅見光彦のメッセージは「この道後で木村さんを見つけられるでしょうか」とヒントになっていないが、この謎の答えはやはり「ロメンデンシヤ（路面電車）」だろう。

道後温泉駅はスタンプ・ポイントだからうっかりしてはいけない。案内所でスタンプを押し、手帖の空白を埋めるシールを入手する。このポイントも、松山駅同様、あまり目立たない。ポスターぐらい分かりやすいところに貼ってほしかった。驚いたのは、またもや坊っちゃんやマドンナに遭遇したことだ。しかも、別人の！　写真撮影のモデルともなり大忙しだった。観光にずいぶん力を入れていることが分かる。

美しいマドンナに見とれてばかりではいけない。つづくチェック・ポイントは商店街の入り口にあるカラクリ時計である。高さが七メートルもある大きなものだが、ラッキーなことに、ここにもマドンナがいたのだ。もちろん別人である。これで三人の美女と出会ったわけだが、いったい松山市内には何人のマドンナがいるの!?　少し興奮してしまった。気を静めて捜査である。

謎6　日本最古の道後温泉の始まりとされる「□□□□伝説」

近くの観光会館に道後温泉に関する資料がたくさんあったので、「白鷺が温泉で傷を癒したことが道後温泉の始まりとか」と浅見に教えてもらわなくても、答えはすぐ分かった。その観光会館はスタンプ・ポイントであり、同時に「松山捜査本部」ともなっている。捜査結果報告の投函箱も用意されている。もちろんまだ全部回っていないので、手帖の空白を埋めるシールを手にするだけだ。

謎7　道後で木村が投句した俳句は

「□□□□□のひと日をなにもせずにゐる」

いくら博学でもこれは分からない。「この俳句は木村さんの…………」という浅見光彦の注意を喚起するアドバイスがなければ（本文53ページ参照）、壁に掲げられた短冊は目に入らなかっただろう。じつにさりげなく重要な手掛かりが示されていたのだ。

観光会館をあとにして、さらに道後温泉をあちこち歩くことになる。まずは建てられて百十年近くになる道後温泉本館だ。

マドンナは
坊っちゃん列車にも
同乗してきた

カラクリ時計前には
また別人のマドンナが

謎8　道後温泉本館で『坊っちゃん泳ぐべからず』の木札がある浴室は「□□□□」

一階には「神の湯」、二階には「霊の湯」があり、二階の大広間や三階の個室でゆっくり寛ぐこともできる。ちょっと奮発して「坊っちゃんの間」のある霊の湯三階個室席を申し込む。お茶と坊っちゃん団子のサービス付きだ。漱石がよく利用していた「坊っちゃんの間」は見学自由。角部屋で見晴らしがいい。『坊っちゃん』の登場人物のモデルとなった人たちの写真が掲げられている。明治時代の坊っちゃんは毎日温泉に入っていた。だが、我らの坊っちゃんである浅見光彦は、『坊っちゃん殺人事件』では、なぜか外から眺めるだけだった。たしか温泉は好きなはずだが……。

日本最古の温泉と言われる湯にのぼせて、謎解きを忘れるところだった。木村医師を捜すのに忙しい浅見は、今回も温泉には入っていない。だからヒントも「広い浴槽でないと泳げない、マドンナは泳がなかったのかな…」とやや意味不明。答えは実際に入ってみれば分かる。「神の湯」である。ただし男湯だから、女性には確認不可だ。

道後温泉周辺は坂道の多い地域で、とくに白鷺坂、椿坂、伊佐爾波《いさにわ》坂を道後三坂と呼んでいる。その一つ、伊佐爾波坂を登ったところにある伊佐爾波神社が次のチェック・ポイントだ。

謎9　道後三坂の一つで、神社の長い石段に続く坂「□□□□坂」

伊佐爾波坂はゆるやかだったが、最後の百三十五段の石段がきつい。謎解きのヒント、「伊佐爾波神社の裏手に、宝厳寺《ほうごんじ》への散策道が。木村さんはその道へ？」は石段の手前にあったから、ひょっとすると浅見は登らなかったのかもしれない。

息を切らして石段を征服（！）すると、朱塗りも鮮やかな社殿が目に入ってくる。一六六七年に松山藩主が寄進して建立された八幡造の建物で、ほかに京都の清水八幡宮と大分の宇佐八幡宮にしかないという。その左手に次のチェック・ポイントへ向かう道がある。

謎10　道後・宝厳寺で木村が死を覚悟して作った俳句
「白きは□□□の雲のきれつぱし」

宝厳寺は六六五年の創建。一遍上人《いっぺんしょうにん》の生誕の地として有名である。「木村さんはやはり、ここに来ていたのか！」と浅見は言うけれど、謎の答えはどこにあるのだろう。キョロキョロしながら境内へと向かうと、由緒あるお寺にはミスマッチなものが門に掛けられている。それが浅見光彦からの重要な伝言板であった。

ここでも木村さんの俳句を
見つけました。
この句からは
生きる気力を無くしている
様子が窺えます。
早く木村さんを
追わなければ！
浅見光彦

そして「白きは九月の雲のきれつぱし」という俳句が記されていた。答えは「クガツ」だ。若いカップルが不思議そうに見ている。きっとたくさんの観光客を悩ませたに違いない。静かなたたずまいの宝厳寺にも子規の句碑があった。宝厳寺から下っていく坂は、かつては遊廓もあったというネオン坂である。

ちょっと遅くなったがそろそろ昼食にしよう。お目当ての店は、『坊っちゃん殺人事件』で浅見光彦がうどんを食べた「とした」である。ところが、店は発見したけれど、営業している雰囲気がない。なんでも数年前、後継者がいなくて閉店したとか。残念だがしかた

宝厳寺

神社に続く坂道と石段

伊佐爾波神社の社殿は朱塗りも鮮やか

がない。道後温泉ではうどんも名物のようだ。何気なく入ったところも満足の味である。

次は道後温泉での最後のチェック・ポイントだ。

謎11　子規記念博物館の駐車場横にある句碑
「ふゆ枯や鏡にうつる□□の影」子規

俳句や短歌を文学として確立させた正岡子規は、一八六七（慶応三）年、松山に生まれた。道後公園に松山市立子規記念博物館がオープンしたのは一九八一（昭和五十六）年。子規の文学やそれを生み出した松山の風土が、広々とした展示室で紹介されている。じつは愚陀佛庵はここにも再現されていて、『坊っちゃん殺人事件』のとき、浅見は漱石と子規の友情にいたく感動していた。それにしても、子規が三十五歳という若さで没したのには驚かされた。やはり才能のある人は違う。すでに三十三歳の浅見光彦はいかに？

それはともかく、謎解きである。「俳句の好きな木村さんはきっとここに来たはず！」と浅見は言う。子規の句碑はかなり大きいから、嫌でも目に入る。達筆ではっきりしないが、どうやら「クモ（雲）」が答えらしい。

これでなんとか松山市内のチェック・ポイントはクリアした……はずだが、気になるのはＪＲ松山駅の浅見のメッセージである。道後温泉駅から路面電車で戻ってみると、こんどはちゃんと分かりやすいところにあった。「皆さんに捜査の協力をお願いします」と。やっぱり朝は早すぎたのだろうか。

気をとりなおして、内子へと電車で向かう。浅見と中居記者は、結局、道後温泉では木村医師や八重を摑まえられなかった。ただ、木村が内子に向かったという情報は得たのである。松山駅のホームの売店で目にしたのが「坊っちゃん辨當《べんとう》」と「マドンナ辨當」。べつにおなかがすいていたわけではないが、買わないわけにはいかないだろう。なかなか彩りの美しい駅弁だった。

三　笑いあり涙ありのミステリーシアター

内子までは各駅停車で一時間ほどである。特急なら二十五分だ。高架下のこぢんまりとした内子駅が、内子町での最初のチェック・ポイントとなる。

謎12　内子は古い白□□の町

これは、「白壁、なまこ壁の建物が続く内子の町並みに木村さんが…」と浅見に言われなくても答えは分かる。ただ、ＳＬの展示されている駅前広場からの風景は、どこといっ

道後公園にある子規記念博物館

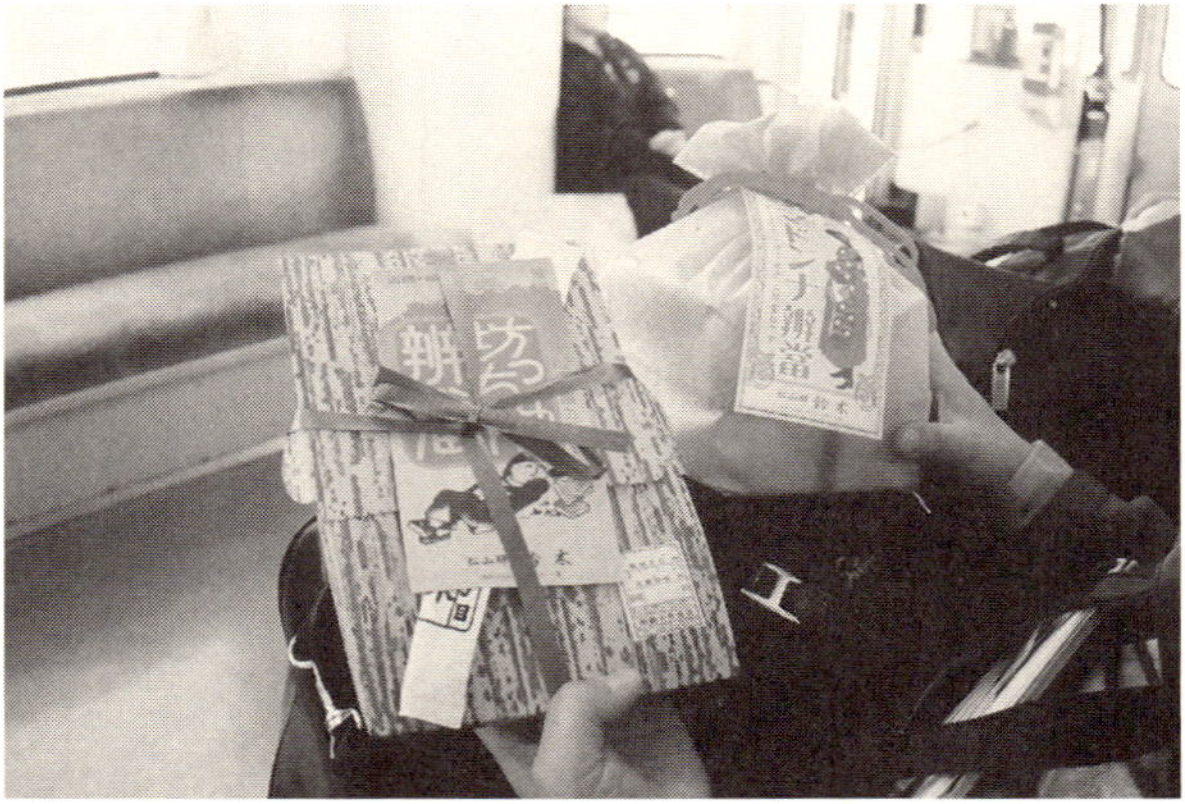

地元ならではの名物辨當

て特徴がない。

駅からぶらぶらと次のチェック・ポイントまで歩く。

謎13　松乃屋のご主人は高田□□□□さん

こんなことはガイドブックにも書いていない。でも、親切な松乃屋《まつのや》のご主人は、玄関に歓迎のメッセージを掲げてくれた。「ようこそおいでなさい　えひめミステリー紀行ご一行様　松乃屋主人　高田武規《たけのり》」と。

スタンプを押し、シールを貰って、本日の捜査は終了である。「木村さんは昨日ここへ泊まったようです」と浅見が言っている。それなら今夜の宿は松乃屋にしたい。

内子に泊まる理由のもうひとつは、内子座でのミステリーシアター「失踪」(原作：宇高希美　作・演出：古川洋太郎)が観たかったからだ。団体旅行でも活躍した劇団無限蒸気社による、捜査手帖掲載のストーリーをもとにした劇だという。ミステリー紀行の期間中の土曜日、六回しか公演がないのは残念だが、観劇は無料だから文句を言ってはいけないのだ。

開演は六時。松乃屋から内子座まではほんの二、三分である。ここもチェック・ポイントではあるけれど、それは明日のお楽しみとしておこう。『坊っちゃん殺人事件』では内子座で句会が行われ、殺人事件が起こっていた。

　吹き抜けになっている客席部分の天井はかなりの高さだし、その上にさらに、開演をしらせる太鼓櫓《たいこやぐら》が載っている。八十年も昔に、こんな——などと言っては怒られそうだが——田舎町にしては、なんとも立派なものを造ったものだと感心する。

——中公文庫『坊っちゃん殺人事件』から

　まさか今夜は殺人事件は起こらないだろうが、ついキョロキョロしてしまう。一階席は意外にもほとんど埋まっている。考えてみれば、この公演はミステリー紀行の参加者限定ではない。内子町の人たちもけっこう足を運んでいるようだ。劇団無限蒸気社のファンもいるらしい。そうした観客のほとんどは、捜査手帖にあるストーリーを知らないだろう。はたしてどんなことになるのかと心配したが、それは無用の心配であった。木村医師の失踪という事件は確かに共通しているが、笑いあり、涙あり、サスペンスありの、独立して十分楽しめる劇だった。

　最初の場面は劇団の稽古風景である。団員が練習している劇が、捜査手帖に記されている木村医師をめぐっての物語なのだ。レントゲン写真の失敗はじつはライバルの医師の陰謀であったという顚末《てんまつ》が、稽古に紛れ込んでいる謎の女性や、なぜか現れた本物の浅見光彦も巻き込んで、ギャグたっぷりにテンポよく展開されていく。ときには踊りが混じったりと、オーバーアクションでステージいっぱいに駆け回る劇団員。

その愉快な舞台がしだいにシリアスなものになっていく。謎の女性は本物のレントゲン技師補佐で、やはり、レントゲン写真の細工にかかわっていたのだ。しかも、五年前にも医療ミスにかかわっていた。そうした一連の事情を浅見に告白しようと、内子座に来たのだった。虚実ないまぜのなかで、ひとりの女性の切ない心情が描かれていく。

捜査手帖のストーリーを作中劇にし、別のエピソードを加えて趣向も新たにしたミステリーシアターは面白い。浅見役の古川洋太郎さん、中居役の上久保浩文さんを始め、劇団無限蒸気社の演技もなかなかのもの。これが無料なのだから、「えひめミステリー紀行」に参加した人はお得である。満足して宿に帰ると、魚やきじ肉など地元のものをたっぷり堪能する夕食が待っていた。すっかり満腹になり、明日に備えて今夜は早寝である。

四　さつま定食の味はいかが？

翌朝、まずはちょっとミステリー紀行を離れて『坊っちゃん殺人事件』の旅である。浅見が取材で訪れた町役場や連行された内子警察署と、観光先（？）には困らない。ちなみに、元の警察署は洋風建築でなかなかの趣だった。現在は町立図書館になっている。ただ、死体発見現場の小田川は隣りの五十崎《いかざき》町なので、残念ながら割愛である。ソアラに乗った浅見光彦がふと通るのではないか。そんな錯覚をしてしまうのも旅情ミステリーならではの楽しみだ。あくまでもフィクションとして書かれてはいるけれど、『坊っちゃん殺人事件』を読んでいると、内子が初めて訪れたところとは思えない。

あまり警察署の前をうろうろしていると、浅見のように連行されてしまうかもしれない。ミステリー紀行のほうに戻ろう。まずは白壁の町並みへと向かう。

謎14　大森和ろうそく屋は「八日市・□□□の町並み」にある

これは地理の問題だ。内子町の案内図を見れば「ゴコク（護国）」とすぐ分かる。内子はかつてハゼの実を原料とする木蠟で栄えた町である。イグサを芯とする和ろうそくも盛んに作られたが、いまでは一軒しか残っていない。全国的にも珍しいらしい。溶けた蠟を一本一本、何回にも分けて手で巻き付けていくのだから、ずいぶん手間暇のかかる作業である。『坊っちゃん殺人事件』で浅見は「職人仕事に感心し」、お土産として蠟燭を買っていた。

「見落としはないか、もう一度捜査手帖を…」と浅見に励まされ、町並みの北の端にある高昌寺を訪れる。チェック・ポイントではないが、五百年以上前にその起源をみる歴史ある寺で、美しい山門など一見の価値がある。そこから下ってすぐあるのが町並保存センターだ。重要伝統的建造物保存地区として保存修理してきた過程が分かる。じつは本格的に取り組んでまだ二十年ほどなのだ。普段の生活と調和させて、ただの懐古に終わらない、現代的な町並み再生が行われている。

和傘や漆喰細工の鏝絵《こてえ》にも引かれつつ、豪壮な一軒の屋敷の前で足を止める。チェック・ポイントの上芳我邸である。

謎15　上芳我邸は□□□□の資料館

これも簡単だ。内子といえば「モクロウ（木蠟）」である。「内子は木蠟の生産で栄えた町」と浅見が言うように、海外に輸出するほどの勢いであった。いまでは各種展示物で往時を忍ぶしかないが、たしかに上芳我邸はかなり立派である。

さらに白壁の町並みを下っていく。内子町製作のパンフレットには日本家屋の細かな造作が紹介されている。懸魚《げぎょ》、海鼠壁《なまこ》、床几《しょうぎ》、蔀戸《しとみど》、うだつ、虫籠窓、出格子、鏝絵、鬼瓦など、細かに見ていけばきりがないが、独自の美がそこにある。約六百メートルの町並みを下りきって、交差点を右折すると、内子地区の捜査本部となっているチェック・ポイントがある。

謎16 下芳我邸で人気の蕎麦は「□□□□」

蕎麦とつみ草料理が名物のお店で、築約百三十年の名家を利用したもの。「いよいよ捜査も佳境です」と浅見が励ましてくれるけれど、蕎麦好きの彼はすでにもりそばを食べてどこかへ行ってしまったようだ。答えはもちろん「モリソバ」だ。スタンプを押し、シールを入手する。そして再び内子座だ。

謎17 東京から浅見探偵と中居を追ってきたのは□□□□

浅見からの最後のメッセージは、「八重さんからの大切なものを受付に預けています」というものだった。スタンプにシール、そして八重の俳句「君の手に灯して月と和蠟燭」を記したカードを貰う。これでストーリーは完成した。

木村医師と八重は内子座の舞台にいた。レントゲン技師の補佐をしている草薙の証言で、レントゲン写真すり替えの陰謀が明らかになる。八重は死んでしまうが、木村医師には新たな生きる力が湧いてきた。この謎の答えは「クサナギ」である。

手帖の物語の終わりとともに、ミステリー紀行も終わりである。巻末にある「捜査記録パズル」を埋めていく。捜査結果報告はそのなかの二文字を並べ替えたものだ。「ヒメ」である。愛媛の「ヒメ」なのだ。内子町の捜査本部である下芳我邸へ戻って、応募する。

チェック・ポイントが十七もあったので、けっこうな距離を歩いたのではないだろうか。「坊っちゃん列車」も楽しかったし、美しいマドンナにも会えたし、道後温泉にもちゃんと入った。ミステリーシアターも面白かった。大満足の二日間である。

だが、旅はまだ完全には終わっていない。『坊っちゃん殺人事件』の旅を時間の許す限りつづけよう。内子で絶対にチェックしておきたいのは「さつま定食」である。浅見が「名物に旨いものなし」と作中で嘆いていた。余計に興味津々である。内子ならどこの食堂にもあるようだが、ピンと勘がひらめいてお寿司屋さんで注文してみた。濃いみそ汁を魚の炒ったものと合わせてある「さつま」を、御飯にかけて食べる。庶民の味で、御飯がいくらでも食べられそうだ。お店によって味は違うようだが、やはり魚が肝心ではないだろうか。お寿司屋さんだからいい味になっていた。それはあながち錯覚でもあるまい。

内子に別れを告げて松山へ向かう。次の目的地は城山の東に位置する松山東警察署である。べつに何か悪いことをしたわけではない。『坊っちゃん殺人事件』で浅見が連行されたところなのだ。「周りを知事公舎や気象台、地方局、病院などで囲まれた、つまらないところだ」とある。たしかに警察署は面白いはずがない。だが、近くにある気象台は寄ってみたいところである。一九二八（昭和三）年に完成したものだが、萬翠荘と共通するところのあるちょっとお洒落な建物なのだ。

旅の締め括りはやはり松山城だろう。ミステリー紀行とも『坊っちゃん殺人事件』とも関係ないが、やはり松山のシンボルである。警察署からロープウェイ乗り場まで歩いていく途中、面白い看板を発見した。「労研饅頭」である。饅頭は分かるけれど、労研って何？　これは食べてみるしかないだろう。労研とは倉敷労働科学研究所のこと。中国の饅頭を改良し、安くて栄養価の高い食品として考案された。松山で夜学生のためにと売り出されたのは昭和初期で、素朴な甘みがいま好評とか。いわゆる蒸しパンのようなものだが、一個八十円と安い。自由捜査ではこんな偶然の出会いがあるから面白い。

ロープウェイと徒歩で城山の頂上へ。天守閣の最上階へはまたいくつも階段を登らなければならなかったが、さすがに見晴らしは最高である。高所恐怖症を一瞬忘れるほどだった。道後温泉の旅館街も見える。ミステリー紀行の思い出をしっかりと刻み、「労研饅頭」を食べつつ、松山城を後にするのだった。

内子警察署（左）と浅見光彦もお世話になった？　松山東警察署

食がすすんだ!?　さつま定食

思わず身をまかせたくなる陶酔感

内田康夫

九月十六日、団体ツアーの中で、劇団無限蒸気社による芝居の上演を観ました。今回の公演（「失踪」と題された公演。93ページ参照）の別バージョンとでもいう内容で、そのとき、今回の公演がもっと素晴らしいであろうことを確信したのです。内子座という歴史ある古びた小さな芝居小屋。そこで興業される芝居を一人の女性のためにやってみせる事でストーリーが進んでいく構造が面白い。古い芝居小屋にはいつしか様々なものが住みつき時に幻を見せるという。僕も何度か取材のため訪れた事があるが、昼、なお薄暗い小屋の中、観光客も途絶えたおり、ふと舞台に目をやると確かに何かがうごめく気配を感じたりした。そんな一種独特な雰囲気に包まれたこの事件に我らが浅見光彦は巻き込まれていく事になるのだが、どこまでが芝居で、どこまでが真実か、しだいに分からなくなってくる。これはまた観客に対して巧妙に仕組まれたトリックでもある。そのトリックに心地よく身を任せるもよし、あえて挑戦するもよいだろう。僕もぜひ内子座で、このお芝居の独特な空気に身をまかせ、酔いしれたいものである。

（「えひめミステリー紀行」――「失踪」パンフレットから）

温泉嫌いの温泉行

内田康夫

ここだけの話だが、僕は基本的には温泉嫌いなのである。いや、体質的に温泉が合わないというべきだろう。海が好きなので、伊豆の網代に温泉付きマンションを借りて、そこを仕事場にしたのはいいのだけれど、ある日体中に発疹ができた。原因が分からなかったので、ジンマシンか何かだと思ったのだが、どうやら温泉が合わなかったらしいことに気がついた。温泉アレルギーというのがあるのかどうか知らないが、泉質によってはアレルギーが生じるのかもしれない。

そういえば、入浴剤の中にも湿疹を生じさせるものがあった。いわゆる肌に合わないというやつだろうか。人間関係で肌に合わないのは、無理してでも合わせることはできるのだが、純粋に体質が原因のアレルギーではどうしようもない。とにかくそういうわけで、『「紫の女《ひと》」殺人事件』や『喪われた道』の執筆や取材の基地となった網代の仕事場に、ずいぶん長いことご無沙汰している。

　僕のもう一つのアレルギーはアルコールである。注射をするので腕をアルコール消毒をしたら、てきめん皮膚が真っ赤になった。日本人はアルコール分解酵素が少ない人種なのだそうだが、してみると僕は生粋の日本人なのだ――と、大した自慢でもないことで威張ったりしている。

　アルコールアレルギーなのだから、飲むほうはもちろんさっぱりだ。いろいろある人生の楽しみのうち、酒が最高だと言う人から見れば、その楽しみがない人間は、なんとも気の毒に思えるにちがいない。大伴旅人《おおとものたびと》だったか誰だったか、「酒飲まぬヤツの顔は猿に似て醜い」などという失礼なことを言うヤツもいた。悔しいけれどまったくそのとおりであって、酒を飲める人が羨ましい。

　酒は飲まないが、酒の肴系統の食い物は大好きである。塩辛、佃煮、チーズ等々、よほどのゲテモノ以外なら何でも食う。とくに旅先で土地の旬のものに出会うのが嬉しい。ところがそれが大抵、酒の肴にぴったりするようなものばかりで、これで酒が飲めたらなあ――と当の僕も思い、地酒を勧めたい地元の人も「そうですか、飲めないのですか」と、つまらなそうな顔をする。

　下戸《げこ》を代表する立場としては、酒は飲まないけれど、食い物が旨ければいいじゃないかと思う。負け惜しみで言うわけではないが、だいたいアルコールは胃を荒らすし、肝臓を傷める。糖尿の原因にもなるし、血圧だって上がるはずである。酒飲みの平均寿命は短いという統計はないものだろうか。たばこは肺癌のもとだと政府も言い、たばこ会社でさえ禁煙を勧めるが、酒が健康に悪いという宣伝はあまり聞かない。ほんとうは相当害があるのだが、酒税収入が減るのを警戒して、ひた隠しに隠しているにちがいない。

温泉が体に悪いという話は、それこそ聞いたことがない。僕が体質的に合わないのは、どうやら塩分の強い温泉に限るらしいということも、分かってきた。たとえば海岸沿いの温泉にその傾向がある。それに対して、和歌山県の龍神《りゅうじん》温泉のように「美人の湯」と称されるアルカリ系の温泉はじつに気分よく入れる。やはり僕は美人系なのかな——と納得したり錯覚したりできる。

しかし、たとえそうであっても、僕の温泉に対する警戒心はしっかり刷り込まれてしまっているから、旅先のホテルや旅館では、なるべく温泉を避けて水道水を沸かした内風呂で済ませる。宝の持ち腐れで、まったく勿体ない話だし、「温泉嫌いは猿にも劣る」と言われても反論はできない。そういえば、信州の地獄谷温泉の野天風呂には、猿が湯治にくることで知られている。

温泉嫌いの癖に、温泉のある観光地や旅館が大好きなのだから始末が悪い。もっとも、日本の観光地はたいていが温泉場と結びついているから、行くところ行くところ、温泉と遭遇しないほうが難しい。

それにしても、日本人くらい温泉好きな民族は世界に例がない。国内旅行に限っていえば、温泉があるということを旅行先の条件に挙げる人がほとんどだろう。かててて加えて、日本はどこでも温泉が湧く国だ。いままで温泉とは無縁だと思われた土地でも、ボーリング技術が発達したせいで、地下何千メートルだかまで掘って、強引に温泉を噴出させることができる。火山国、地震国でろくな地下資源もないが、温泉だけは日本の資源として世界に誇っていい。

ところで、浅見光彦も温泉大好き人間である。テレビドラマでは、ほとんどが彼の入浴シーンを映しているから、今度の放送の時は注意してご覧になるとよろしい。もっとも、それはテレビ局側の視聴率稼ぎの戦略なのだそうだ。番組が始まって一時間近くなる辺りで裸を見せると、視聴者は嬉しがってチャンネルをそのままにしておく——という、妙な哲学がテレビプロデューサーにはある。女性の裸ならともかく、浅見の裸を見たってしようがないと思うのだが、とにかくそういうことになっている。

浅見光彦が温泉好きであっても、僕の作品は、トラベルミステリーの割にあまり温泉シーンが出てこない。テレビドラマで温泉シーンが出てくるのは、あれはあくまでもテレビ局や制作会社の方針であって、原作にはそうそう温泉は登場しない。温泉のある土地、温泉のある宿に泊まったシチュエーションでも、入浴シーンはない。それもまた、僕の温泉嫌いの証拠といえる。

そんな僕でも、温泉旅館には泊まるし、それなりに温泉を楽しんでもいる。いままで行った温泉の中で、最も温泉らしかったのは前述の龍神温泉だ。紀州の殿様がおしのびで湯治にきたという由緒ある旅館の由緒ある部屋に泊めてもらった。襖の代わりに御簾《みす》が下がっているような、時代がかった部屋で、夜も更けると御簾の向こうに幽霊が出そうな気配のある、古い宿だった。『熊野古道殺人事件』の描写はこの宿をモデルにしている。

ここでは浅見クンと一緒に湯に入った。檜材を使った素朴な風呂で、すぐ目の下を日高川の清流が流れている。湯の質はアルカリ単純泉だったと記憶している。しばらく浸かっていると肌がツルツルして、たしかに美人の湯と言われるだけのことはあった。ただし昔ふうの温泉旅館だから、近代的設備というわけにはいかない。おまけに山の湯だから食事も素朴なもので、それはそれで味わい深いものがあるのだが、そういうのに期待するムキにはどんなものだろう。

最近になって発見（？）したのだが、温泉地の旅館で食事が旨いのは、意外にも青森県の温泉場であった。「意外」などと言うと叱られるのかもしれないが、何となく青森の宿では食事には期待できそうにないという先入観があっただけに、ボリュームに関しても、内容に関しても、いい意味で予想が違って、大いに満足した。

建物や部屋のスケールで驚いたのは、南信州の昼神《ひるがみ》温泉でカミさんと泊まった宿だ。五部屋もある室に泊めてもらったのだが、五部屋のうち使ったのは三部屋だけ。あとの二部屋はお付きか秘書でも泊まるため用らしい。料金はさほどでもなかったが、よほどのＶＩＰならともかく、あそこまで豪勢にする必要があるのかな——と首をひねった。

温泉地が競い合うようにして豪華な旅館、ホテルを建てはじめたのは、昭和四十年代の万博の頃からだろうか。僕らの若い頃の温泉といえば、だいたい木造の鄙《ひな》びた宿だった。とりあえず温泉があって、上げ膳据え膳でありさえすれば、ほどほどに満足していた。夏目漱石の『坊っちゃん』に出てくる道後温泉の遊廓のような建物は、温泉宿としては飛び抜けて立派といってよかった。

これまたここだけの話だが、僕が童貞を喪失したのも、箱根の仙石という温泉場の、そういう鄙びた侘しい温泉宿だ。どの辺りだったのかいまでは記憶も定かではないし、通りから坂道を少し下りた木造二階建ての典型的な温泉宿——という程度しか憶えていない。ひょっとすると狐に誑《たぶら》かされたのではないかと思えるような、不思議な宿だった。

夜遅くに着いて、食事をして湯に浸かりに行くと、檜の大風呂で誰も入っていない。頭の上には裸電球がユラユラ揺れていた。白く濁った湯と立ちのぼる湯気との境界がはっきりしないような薄暗さで、ぼんやり眠気に誘われていると、話し声がして女が三人、入ってきた。たしか混浴ではないと聞いていたはずなので驚いたが、女は三人とも宿の仲居さんらしく、終《しま》い湯を使って、ついでに掃除でもするつもりだったようだ。当時の僕から見ればかなりのおばさんといっていい年齢だが、女性は女性である。僕は大いに動揺して、そそくさと退却した。

その夜、僕は童貞を喪失した。喪失というほど立派なものではなかったし、相手が誰だったのかも、その宿がどこだったのかも、同じ程度に曖昧模糊《あいまいもこ》としてしまった。これは初めて公開する秘話（？）で、あまり自慢にならない体験だが、とにかくそういう宿があの箱根にさえあったという話である。曲がりなりにもそんな体験のある年代だと、川端康成の『伊豆の踊子』のしっとりとした情景がよく分かる。

いまは温泉旅館の大変革時代である。何が変わったかというと、社員旅行などの団体客が減って、個人客中心に経営を切り換えざるをえなくなった点だそうだ。以前は一人客は歓迎されなかったが、そんなことは言ってられないということである。僕のような一人で長期滞在する客にとっては、ようやくいい時代になったと喜んでいる。

第二章　飛鳥　横浜港発着ツアー

内田康夫のミステリークルーズ

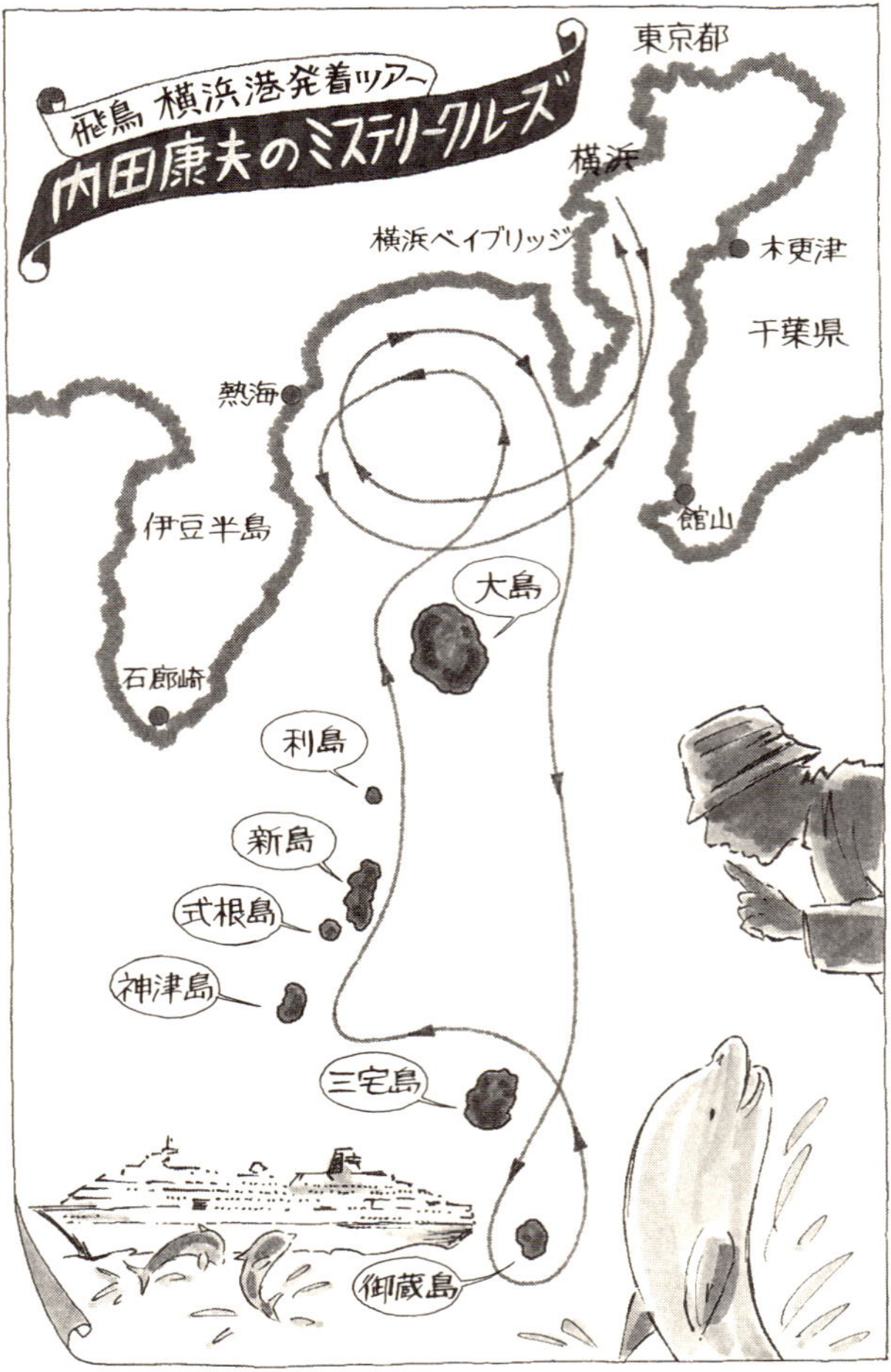

飛鳥 横浜港発着ツアー
内田康夫のミステリークルーズ
東京都
横浜
横浜ベイブリッジ
木更津
千葉県
熱海
館山
伊豆半島
大島
石廊崎
利島
新島
式根島
神津島
三宅島
御蔵島

一　ミスターXXからの予告状

動く密室となった洋上の豪華客船に、怪奇な事件が続発する。正体不明の人物が船客に投げかけた挑戦状。乗客の運命はいかに！

二〇〇二（平成十四）年三月二十二日から二十四日まで、日本が誇る郵船クルーズの豪華客船「飛鳥」を舞台にミステリー・イベントが行われた。題して「内田康夫のミステリークルーズ」。二〇〇〇年十一月に行われたクルーズと同様に（集英社文庫『浅見光彦 豪華客船「飛鳥」の名推理』参照）、内田先生の原案・監修による大掛かりなイベントである（台本・演出／大森茂、企画・協力／浅見光彦倶楽部）。今回の相手は「ミスターXX（ダブルエックス）」という人物だ。

危機一髪の「飛鳥」の乗客の頼もしい助っ人は軽井沢のセンセ、ではなくて浅見光彦である。今回は、映画『天河伝説殺人事件』のほか、フジテレビ系列のドラマで浅見光彦役を演じてきた榎木孝明さんが乗り込んでくれた。テレビドラマは全十四作。この二月、最後の作品となる『黄金の石橋』の撮影を終えたばかりである。

参加者には事前にミステリー手帖が送られてきた。これがなければミステリークルーズは始まらない。内田先生の前書きのあと、ミステリー・イベントの登場人物が紹介されている。名探偵の浅見光彦、「飛鳥」のアシスタントクルーズディレクターである清水桜、キャプテンの野崎利夫、推理作家の軽井沢のセンセ、センセのカミさんの早坂真紀、マジシャンの斉川豊久、そして出版社の編集者が四名である。

「飛鳥」のスタッフはそれぞれ本人役を演じている。編集者も実際に内田先生を担当している人達だ。これが今回の新機軸というところだろうか。そうそう、肝心の人物を忘れていた。ミスターXXとその片腕のラ・ハーミヤである。じつは、ミステリー手帖の登場人物の紹介に、今回の謎解きの大きな伏線が隠されていたのだ。けれど、残念ながらというか当然ながらというか、出航前にはまったく気付かなかった。

軽井沢のセンセからの依頼状がある。ミスターXXから「飛鳥」に予告状が届いたらしい。〝3月22～24日のクルーズ中に船上から「何か」を消し去る〟というものである。「何か」っていったい何？　それは乗ってのお楽しみだ。ミステリー手帖の最後は、なにやらたくさん証言を書くようになっていた。いったいどんなミステリー・イベントなのか？　期待が高まる。

二　名（迷？）演技のオープニング・イベント

神戸発着で四国を一周したのが前回のミステリークルーズ。今回は横浜発着で、伊豆七島方面をクルージングする。出航は午後五時と前回より遅い。

二〇〇二年の春はちょっと異常気象だった。東京では桜が一週間も早く咲いた。クルーズの出発日である三月二十二日には早くも満開という感じだったが、春の嵐が花びらを散らした。桜木町駅から新港埠頭へとタクシーに乗った頃には、強い雨と風である。不安がよぎる。いくら船内のイベントとはいえ、雨はやっぱり困る。晴れてくれればと願ったが、晴れればいいというものではないと、あとでたっぷり知ることになる。

乗船したらまず「アスカデイリー」でスケジュールの確認だ。船内のタイムスケジュールの記された新聞で、何時《いつ》どこで何が行われるのか、一目瞭然である。というより、これがないと何もできない。航路図によれば、明日の朝は八丈島付近で迎えるらしい。ミステリークルーズのオープニング・イベント（捜査会議）は午後九時三十分のスタートだが、その他にショーがあったり映画が上映されたりしている。

今回もミステリークルーズのためのスペシャルカクテルが用意されていた。「ミスターXX」と「アサミ」である。コースターに謎解きのヒントが隠されているから、なるべく早く注文しなければならない。午後十時三十分からは船内テレビでミステリーニュースが予定されている。これも見逃してはならないだろう。とにかくスケジュールがいっぱいのミステリークルーズである。

さらにもう一つ、軽井沢のセンセからのメッセージが届けられている。午後九時三十分からの捜査会議へのお誘いだ。手帖と筆記用具を常に携帯しておくようにとの指示もある。たしかに、どこにどんな謎解きのヒントが隠されているのか、まだ一切分からないのだ。船内を歩くときはよく注意しなければならない。

出航する頃には小雨となった。まだどんよりと曇ってはいるけれど、プロムナード・デッキはセイルアウェイ・パーティで賑やかになる。シャンパンやジュースがふるまわれ、銅鑼《どら》が鳴る。「飛鳥」は静かに岸壁を離れた。天候不良でお馴染みの紙テープはなかったが、たった二泊三日の旅なのに、一瞬、センチメンタルな気分になってしまう。

夕暮れ迫る横浜港から、横浜ベイブリッジをくぐり、三浦半島のほうへと向かう……などとのんびり景色を見ている場合ではない。夕食の時間が迫っていた。メイン・デッキ(5デッキ)のフォーシーズン・ダイニング・ルームでの夕食は二交代制となっている。一回目が五時三十分から、二回目が七時三十分からで、一回目と指定されていたのだ。ぼやぼやしていると食べられない(もちろんそんなことはないのだが)。

かすかに揺れを感じつつ、最初のディナーである。前菜は「オーストリッチのリエッ

ト　メルバトースト添え」、スープは「チキンブイヨンスープ　ベーコン入り」、魚料理が「オーシャントラウトソテー　シャンパンソース」でメインコースが「骨付き仔牛のグリル、季節の野菜盛り」、サラダに「季節の野菜とトマトのサラダ」、デザートは「マスカルポーネのアイスクリームとラズベリーの籠入り」と、「飛鳥」自慢の料理を堪能する。

だが、今回はミステリークルーズである。料理にばかり目を奪われてはいけない。メニューにもしっかり軽井沢のセンセからのメッセージが載っていた。再度、午後九時三十分からの捜査会議へのお誘いである。これなら忘れてしまう人はいないだろう。

ディナーのあとはさっそく探偵気分で、スペシャルカクテルの捜査である。べつに難しいことではない。バー・タイムとなっているピアノ・ラウンジやマリナーズ・クラブで、誰でも注文できるからだ。コースターの裏に書かれていたのは、「首＝武器（バラバラに…?!）」というもの。これだけではまだなんのことやら分からない。カクテルを味わうことが優先だ。

二回目の乗船ともなれば、勝手知ったる我が家である。ショーを観たりラスベガス・コーナーを冷やかしたり、オープニング・イベントまでは船内散歩だ。船客の立ち入りができるところだけでも4デッキから10デッキまでである。いわば七階建て建物なのだ。さらに屋上（11デッキ）もある。エレベーターがなければ大変だ。油断なくなにか仕掛けはないかと探ってもみたが、どうやらいまのところミスターXXの魔手は伸びていないようだ。

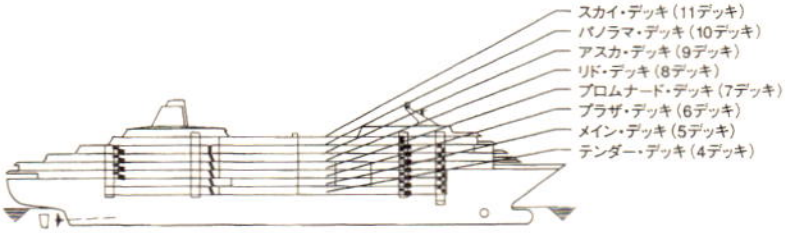

「飛鳥」船舶概要

■船籍／日本
■総トン数／28,856G/T
■全長／192.8m
■全幅／24.7 m
■喫水／6.6m
■航海速力／最高21ノット
■主機関
／ディーゼル、11,770馬力×2基
■横揺れ防止装置
／フィン・スタビライザー
■乗組員数／約270名
■客室数／296室・乗客数592名
（チャーターでご利用の場合は客室277室・乗客数554名）

★3人用としてもご利用いただけます。
※車椅子をご利用の方のための客室です。

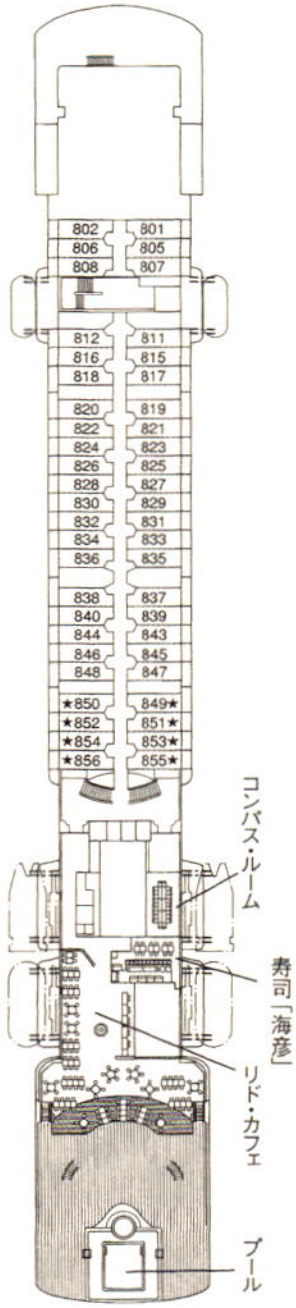

リド・デッキ
（8デッキ）

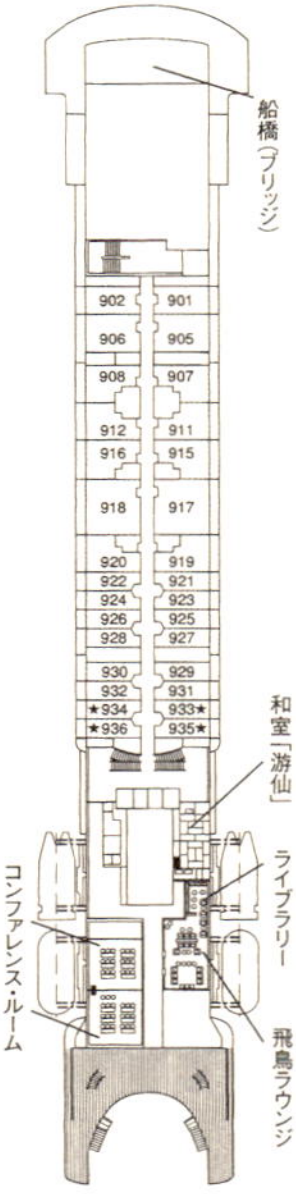

アスカ・デッキ
（9デッキ）

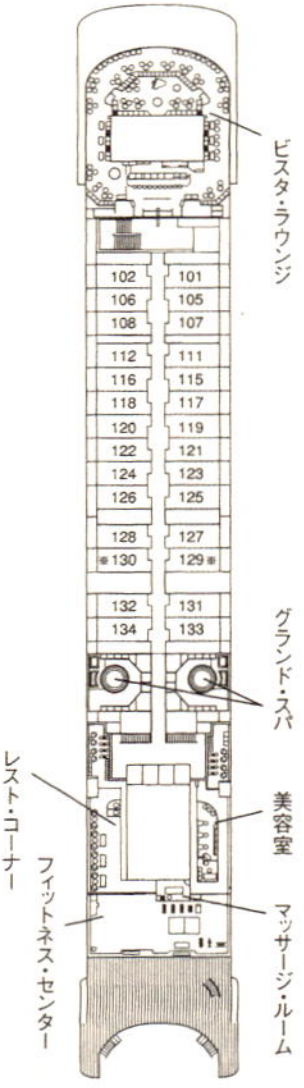

パノラマ・デッキ
（10デッキ）

スカイ・デッキ
（11デッキ）

飛鳥デッキプラン

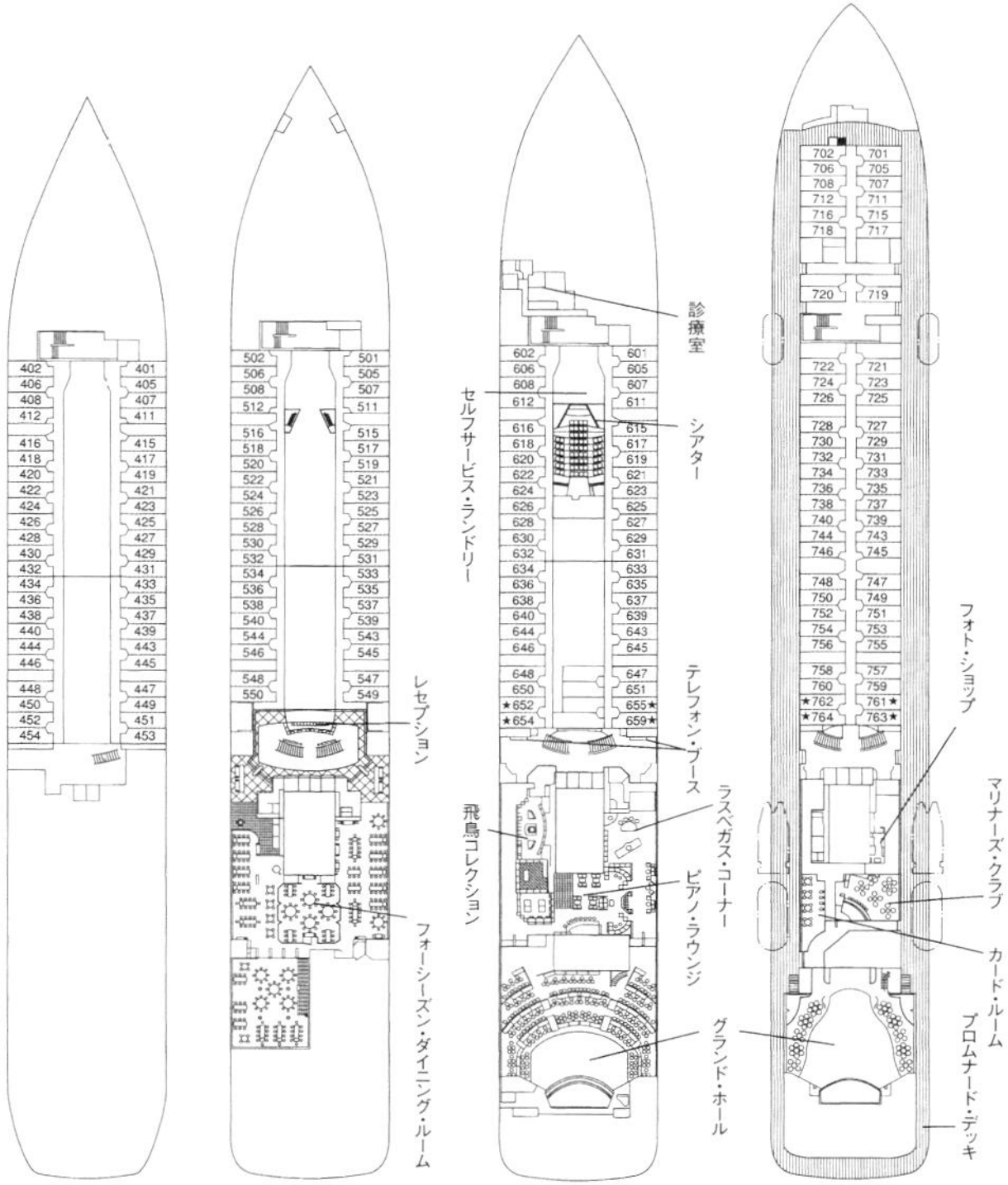

テンダー・デッキ
（4デッキ）

メイン・デッキ
（5デッキ）

プラザ・デッキ
（6デッキ）

プロムナード・デッキ
（7デッキ）

午後九時三十分、二つのデッキが吹き抜けとなっているグランド・ホールは、ミステリークルーズ参加者で一杯となった。清水桜さんが登場して、ミスターXXからの予告状が届いたときの様子を再現する。今から二ケ月前、鳥羽港に停泊中にそれは届けられた。桜さんは野崎キャプテンに、軽井沢のセンセと浅見光彦に相談することを提案したのである。相変わらず桜さんは台詞が完璧に入っていた。野崎キャプテンは……こんなイベントは初めてだろうから緊張している。前回は別のキャプテンだった。

場面は変わって軽井沢のセンセの自宅となる。軽やかにピアノを弾いているのがセンセだ。奥様の早坂さんが登場して掛合い漫才、ではなくて微笑ましい朝の光景である。そこに出版社の編集者が現れた。『貴賓室の怪人　第2部』の原稿を受け取りにきたのだ。センセ、できていると、おもむろに前半が収められたフロッピー・ディスクを渡す。編集者は次の原稿の受け取りを三月二十三日と決める。ちなみに、世界一周の旅の途中に「飛鳥」で起こった事件を描いた『貴賓室の怪人―「飛鳥」編―』は、二〇〇〇年九月に刊行されているが、作中ではまだインドまでしか行っていない。続編が待たれている。

玄関のチャイム。速達が届いたのだ。それが桜さんからの助けを求める手紙だった。これは行かねばなるまいとセンセ。それじゃ原稿受け取りがてら私も行きますと編集者。もちろん早坂さんも。興奮気味のセンセは、浅見くんに連絡だ、全国の探偵諸君に集合をかけようと叫ぶ。今回は黒子がいて台詞を助けてくれる。だから安心してアドリブを飛ばし、観客を楽しませてくれる内田先生である。

そしていよいよ浅見光彦の登場だ。ピンスポットが当てられ、軽井沢のセンセからの電話を受ける名探偵。いつものように強引に押し切られて、「飛鳥」に乗船することになってしまう。

三月二十二日、「飛鳥」に皆が集まった。あと一行書き足せば『貴賓室の怪人　第2部』原稿は完成だという軽井沢のセンセ、高価なダイヤを金庫にしまう早坂さん、早く原稿がほしい編集者、そして「飛鳥」のスタッフ。浅見光彦も登場して、しばし軽井沢のセンセとトークショーである。『黄金の石橋』の話から、政治の話、そして桜さんの結婚問題。センセが「きみにどうかなと」と盛り上がっているところに、その桜さんが登場した。

浅見はミスターXXが消し去ろうとしている「何か」が、どんなものであっても不思議ではないと推理する。たとえば人間という可能性も……突然、照明が消え、不気味な笑い声が響く。ミスターXXである。「大事なものを消し去ったぞ。次は何を消し去ってやろうか。楽しみに待て」とまことに大胆不敵だ。照明がついた。センセがいない！　なんと、ミスターXXが狙っていたのは軽井沢のセンセだったのだ。

すぐにキャプテンに報告しようとする桜さん。浅見光彦は、不安がらないよう、乗客には内密にしたほうがいいと提案する。でも、センセの姿がないのはまずい。そこにマジシャンの斉川さんから提案があった。クルーにセンセと体付きの似ているのがいるから、メーキャップで偽センセに仕立てましょうと。

やがて現れたのが、サングラスにマスクの偽センセである。体付きはそっくりでも、ピアノは下手。トマトは平気で食べてしまう。声は違うというが（実際には出さない）、背に腹は代えられない。しばらくこれでごまかすことにする。浅見はミスターXXの「次は何を消し去ろうか」という言葉が気になるという。あわてて、ダイヤを守りにいく早坂さんと、貰うはずだった原稿のフロッピーを確認にいく編集者……。

一人残った桜さんが、あとの連絡は午後十時三十分からのミステリーニュースでと告げて、オープニング・イベントは終わりである。偽センセももちろん内田先生が演じている。声を出せないからと、ボディ・アクションの名（迷）演技が大受けだった。いや、もちろん軽井沢のセンセ役も堂に入っていたけれど。まさか消える「何か」がその軽井沢のセンセとは予想していなかった。

次はミステリーニュースだ。あまり時間の余裕はない。さっそく部屋に戻って、テレビの前でスタンバイしなくてはと思っていたところ、グランド・ホールの客席になぜかあのマスクをつけた偽センセの姿があった。役になりきっているのか、あまり喋らない。皆に取り囲まれ、エレベーターまで追いかけられて苦笑いである。

思わぬ時間をとってしまった。急いで船室に戻り、ドアを開けようとしたら、捜査資料の封筒が届けられていた。どうやらダイヤモンドとフロッピー・ディスクも消えていたらしい。明日のミステリー・イベントはその行方も捜すのだ。

ミスターXXからの挑戦状もある。フロッピー・ディスクがどこにあるかは、同封の暗号を解いて、ラ・ハーミヤのもとを訪ねればなんとかなるらしい。百人があるところをつきとめれば、軽井沢のセンセは戻ってくるという。ダイヤモンドのほうは、ミスターXXより上手い隠し場所を考えたら返すという。ずいぶん複雑なようだが、いまは検討する時間はない。テレビのニュースを見なければならないのだ。

所定の時間に番組が始まった。ニュースというだけあって、オープニングは男女のキャスターが登場、今夜「飛鳥」で起こった事件を伝える。中継が入った。早坂さんと編集者へのインタビューである。早坂さんはセンセが消えてしまって……ではなく、ダイヤモンドの指輪が消えてしまって大ショックだ。編集者は、『貴賓室の怪人　第2部』の原稿のフロッピー・ディスクが消えたことがショックのようだ。沈痛な面持ちではあるけれど、二人とも軽井沢のセンセのことはあんまり心配していない。

中継が終わるとスタジオには浅見光彦がゲストとして加わっていた。キャスターが話を聞こうとすると、ミスターXXが割り込んでくる。真っ黒の画面にミスターXXの怪しげな声。これから暗号を解くためのキーワードを発表するという。ますますテレビに釘付けとなる。

画面にキーワードが現れた。

「ａｓｕｋａ　ｗａｓ　ｎｉｎｅ　ｚｅｒｏ（飛鳥は９０だった）」

各客室に届けられた
捜査資料!!

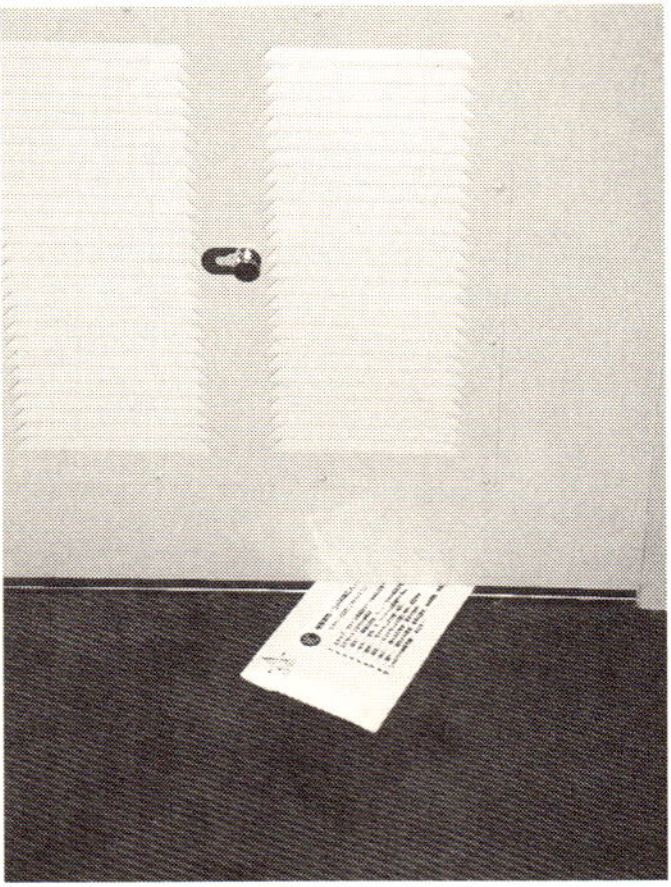

ミステリーニュースには浅見光彦もゲストで加わる

《謎A》── 暗号「ラ・ハーミヤの居場所を探せ」

　吾輩はミスターXXだ。予告通り、飛鳥船上から、諸君の大切な軽井沢のセンセを消してやったぞ。無事な姿で返してほしくば、吾輩の挑戦を受けるがいい。諸君は優秀な探偵らしいが、吾輩の出す問題が果たして解けるかな？　挑戦する者は、下の暗号を解いて浮かび上がった場所に、明日23日の朝、9時から11時の間に行きたまえ。そこに吾輩の部下ラ・ハーミヤが、問題を用意して待っている。
　下の暗号は、これだけでは解くことが出来ないが、**あるキーワードをもとに考えると、正解を導き出すことが出来る**。小手調べの簡単な問題だが、諸君には似合いだろう。せいぜい頑張りたまえ。

```
●　　ミステリー事務局よりお知らせ　　●
◎キーワードは22:30～23:30の間に繰り返し放映される「ミス
　テリーニュース」の途中に毎回流れますので、お見逃しなく！！
キーワード→ □□□□□ □W□A□S□ □□□□ □□□□
　　　　　（　　　　　　　　　　　　　　　　　　　　　　　　）
```

20×3	30×3	80-30	30×3	10×9	25×2
サ	フ	コ	グ	ィ	ン

95-5	20+40	60+30	40+20	15×6	40+10
ラ	シ	ピ	ウ	ッ	パ

45×2	80-20	5×10	60+30	40+20	95-45
ン	ア	ス	ド	タ	ル

70-10	90÷1	45+5	90×1	45×2	20+70
ナ	ー	ィ	ホ	ネ	ア

75+15	10+80	35+15	10×9	50+10	80+10
ー	一	ム	ル	ー	ノ

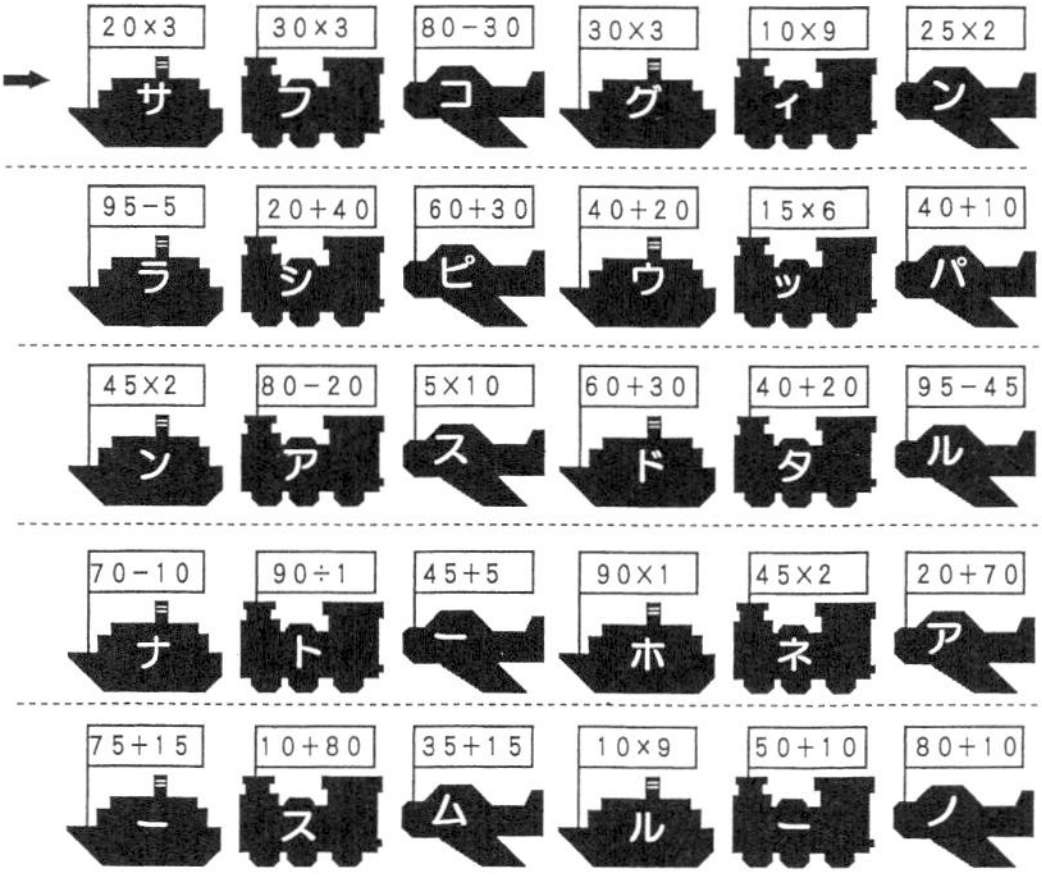

暗号のキーワードは「asuka was nine zero」

何がなんだか分からないが、とにかくメモである。画面がスタジオへと戻り、浅見光彦が暗号用紙を示す。捜査資料の封筒に入っていたものだ。いまのキーワードでこの暗号が解けるはずだという。ここでミステリーニュースは終わってしまった。あとは同じ番組が繰り返されるばかりだ。

やはり届けられた捜査資料を熟読するのが肝心なようである。謎は三つある。Aが原稿の在処《ありか》、Bがダイヤモンドの隠し場所、Cが事件の真相だ。Aはまずラ・ハーミヤの居場所を暗号解読で突き止めなくてはならない。Bはとくに何かを調べる必要はない。自分で絶対に分からないような隠し場所を考えるのだ。Cは明日、船内で浅見光彦の聞き込み捜査の足取りを追い、ミスターXXの正体をさぐっていく。

謎がたくさんあって大変なようだが、それぞれ独立しているから一つずつ解決していこう。まずは暗号解読である。明日の午前九時から十一時の間に、暗号が示す場所に行き、そこで出される問題に答える。正解ならカードが貰え、おまけゲームに挑戦できる。その暗号とは別掲のようなものである。「a s u k a　w a s　n·i n e　z e r o（飛鳥は90だった）」をキーワードにしてうまく解読できるだろうか。

たしかにそれほど難しい暗号ではないようだが、腹が減っては戦《いくさ》はできない。夜食で脳（？）に栄養補給である。今夜のメニューは山菜うどん、かに焼売《しゅうまい》、笹おこわ、そしてケーキやフルーツである。夜食というには結構なボリュームだが、そうとう脳も疲れているらしい。いくらでも入りそうだ。

ふと眼をやると、サングラスにマスクの怪しい人物がいた。軽井沢のセンセ、ではなくて偽センセである。はたして軽井沢のセンセはどこにいるのか。明日のイベントに期待しながらベッドにもぐる。

三　軽井沢のセンセは無事救出されたか？

揺れも少なくぐっすり眠った一夜が明けたが、やはり天気は悪いようである。どんよりと雲が広がっていた。リド・デッキにあるプールの水がけっこう波打っている。さすがは太平洋だと感心し、間近に見えるのは八丈島なのかなと思っていたら、どうも様子がおかしい。島にしては大きすぎるのだ。

テレビの七チャンネルが航路図である。確かめてみると、なんとまだ相模湾にいるではないか。じつは、西高東低の冬型の気圧配置で、洋上は風が強く、波が高いらしい。だから、一晩、相模湾内をぐるぐる回っていたのである。どうりであまり揺れなかったはずだ。そういえば、前回のミステリークルーズでは、最初の夜、小豆島沖で停泊していた。

午前六時、リド・カフェでモーニング・コーヒーのサービスが始まる。コーヒーにデニッシュ、そしてフルーツと、いつもの朝食より豪華だ。さすがにまだお客はほとんどいない。女性が独り、熱心に何かを書いている。暗号を解いているのか、それとも……。

冬型の天気のせいか、しだいに陽も差すようになってきた。デッキにも人が出てくる。午前七時からはオープンデッキでウォーク・ア・マイル。朝のウォーキングだが、早起きして参加した人は得したかもしれない。やがてデッキに出ることさえままならなくなったのだから。

午前七時三十分から本格的な朝食だ。リド・カフェ（洋食）かフォーシーズン・ダイニング・ルーム（和食）。和食のメニューは塩鮭、ひじき、明太子、卸し大根、佃煮、焼き海苔、納豆、温泉玉子と、本当に純和風でヘルシーである。とにかく、調子にのると「飛鳥」では食べ過ぎになってしまう。御飯のお代わりもほどほどにしておかないと。

おなかが満足したところでまずは暗号解読だ（125ページ参照）。キーワードは「ａｓｕｋａ ｗａｓ ｎｉｎｅ ｚｅｒｏ」、すなわち「飛鳥は９０だった」である。これを「飛鳥＝90」と解釈すれば、暗号にある算式と結び付く。飛鳥は船だ。船のマークで数式の答えが90になるのを選べばいい。そうすると「グランドホール」。昨夜オープニング・イベントの行われた場所である。

午前九時の少し前、６デッキに行ってみるとすでに長蛇の列である。暗号は簡単だったようだ。もっとも、８デッキのコンパス・ルームがヒントコーナーになっている。昨夜、夜食へ行く途中に覗いてみると、けっこうな人だかりだった。もしかしたら皆ヒントをもらって……いや、有能な探偵ばかりに違いない。

グランド・ホールの入り口で紙を渡された。何かと思ってみたら、これが「ラ・ハーミヤからの挑戦状」だった。またもや暗号である。いわゆるアナグラムというもので、文字を並べ替えて意味のある言葉にするのだ。さらにそのなかの一文字ずつを拾っていくと、フロッピー・ディスクの在処が明らかになる（130ページ参照）。

冷静に考えればこの問題はそんなに難しくはない。だが、この頃から船の揺れが大きくなってきた。「飛鳥」が南下して、伊豆七島方面へと向かい出したのだ。天気は晴れているが、風がかなり強い。西高東低の気圧配置がさらに強まったのだろうか。さすがに湾内とは違う揺れである。

解答に集中しようとすればするほど、その揺れを意識してしまう。前に解答所があって、中は見えないけれどラ・ハーミヤがいるらしい。正解ならばステージ前でおまけゲームができる。球を投げて、くっついたところの賞品が貰えるのだ。少しずつ列ができている。焦りがまた答えを見失わせ、揺れを感じさせる。なかなかハードな謎だった。

アナグラムは上から「ホゲイセン（捕鯨船）」「コウテイペンギン（皇帝ペンギン）」「ヨコハマコウ（横浜港）」「コウカイニッシ（航海日誌）」「クジュウクリハマ（九十九里浜）」「カイジョウホアンチョウ（海上保安庁）」「ナミガシラ（波頭）」「タツノオトシゴ（竜の落とし子）」「イソギンチャク（磯巾着）」「ノアノハコブネ（ノアの箱舟）」となる。その例のように、文字を上手く並べ替えて、ある言葉を作ってみたまえ。全てのマス目が埋まったら、二重マスの所を上から順番に読むのだ。フロッピーの在処は自然と分かるはず。正解が分かった者は、解答欄に正解を書き込んで、解答所で待つ私の所へ持ってきたまえ。

ラ・ハーミヤ

例）ションギカイ　→　シンカイギョ

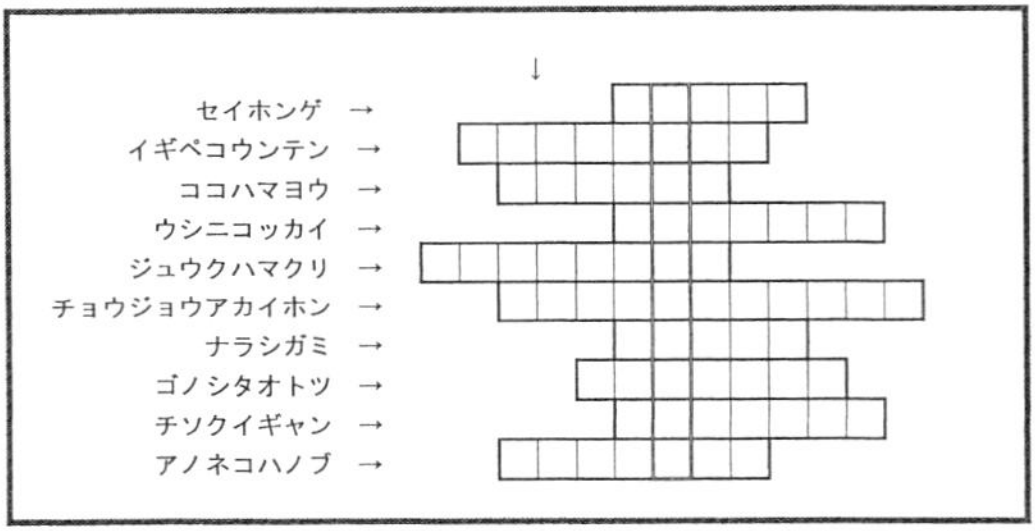

解答欄

【ミステリー事務局より】

ヒント：すべて海に関する言葉ばかりです。

どうしてもマス目が埋まらず、答えが分からない方は、8デッキ　コンパスルームの「ヒントコーナー」（ミステリー手帖12頁参照）へ行ってみてください。ペナルティスタンプと引き替えにヒントをお教え致します。「ペナルティスタンプを押されるのは嫌だ」という方は、頑張って自力で解いてください。皆さまの検討をお祈り致します。

ラ・ハーミヤからの出題はアナグラムだった

なかの決められた文字を繋ぐと「ゲンコウハウミノソコ」、すなわち「原稿は海の底」なのだ。これでは回収できるはずがない。

ラ・ハーミヤはなかなか不気味な人物だった。さすがミスターXXの部下である。それでもなんとか頑張って、一時間も経たないうちに正解者は百名を突破した。これで軽井沢のセンセを救出できたのだ。この頃、「飛鳥」は大島や利島を過ぎ、新島に近付いていた。速力は十七・三ノット（時速三十二キロメートル）。いよいよ太平洋の荒波である。

四　天気晴朗なれど波高し

この時点で波がいかに荒かったかは、午前十時から7デッキのボート・ステーションで行う予定だった避難訓練が、室内に変更になったことでも分かるだろう。波飛沫でデッキがずいぶん濡れている。乗客全員参加の訓練は規則で決められているが、もし外でやったのなら全員びしょ濡れになったはずだ。だいたい、風の力でデッキへの扉がなかなか開かない。無理をすると危険である。

必然的に、訓練のあともミステリー・イベントに専念することになる。まだ謎はひとつ解けただけなのだ。ただ、たとえこのイベントに参加しなくても、ナプキンの折り方教室、マジック教室、ポプリバッグ作り教室などが開かれているから、船旅に飽きることはない。

謎Aにつづく謎Bはダイヤモンドの隠し場所だ。これは解答用紙に自分の考えた場所を書いて、コンパス・ルーム前にある投票箱に投じるだけでいい。締め切りは午後三時である。どこにするか船内を巡ってもいい。自分の好きなように書けばいいのだから楽勝だ。もちろん、それがとってもいい隠し場所とはかぎらないけれど。

謎Cが一番大変である。いわゆるウォークラリーで、船内を歩き回って聞き込み捜査をし、事件の真相を推理するのだ。午前十時三十分スタートで、午後一時からはピアノ・ラウンジで重要証言が得られる。それまでにひととおり回っておきたい。

ふと気付いたら、浅見光彦が聞き込んだ証言が、パネルになって随所に置かれている。証言者の写真つきだが、それがミステリー手帖の終わりのほうにあった人物写真と対応するのだ。それら証言をまとめて推理すると、真相が分かるらしい。つまり、証言だけをもとにした（浅見光彦の助言もあるのだが）純粋な推理ゲームということになる。これは船酔いなんか心配している場合ではない。

証言者は早坂さんと軽井沢のセンセ担当の編集者が四人。ミステリー手帖をみると、全部で十二カ所のポイントがあるようだ。たまたま目についた証言パネルをみると、次にどこそこへ行くというような指示がある。これは一番最初のポイントから、すなわち浅見光彦の聞き込みと同じルートで回るべきだろう。そのほうが流れが分かりやすい。

では、どこがスタート地点だったのか。それを突き止めるまでの苦労はさておき、結論としては、5デッキのレセプションの近く、早坂さんの証言であった。以下、証言を忠実にメモしておくので、事件の真相を推理してみてはいかがだろう。

すなわち、ミスターXXは誰か？　なぜダイヤモンドは消えたのか？　なぜフロッピー・ディスクは消えたのか？　そして、なぜ軽井沢のセンセは消えたのか？　容疑者は昨夜のステージにいた九人である。浅見光彦さえも容疑者の一人なのだ。

早坂さんの最初の証言は次のようなものであった（以後、証言者の敬称略）。

早坂「桜さんが、先月、ニューヨークのティファニーで、大きなダイヤの指輪を、じーっと見ていたって、クルーが教えてくれたわ。まさか、私のダイヤモンドを盗んだのは……」

次は9デッキのライブラリー。さすがに階段はきつい。エレベーターのお世話になる。

編集者・新名「先月センセに頂いた『貴賓室の怪人　第2部』前半の原稿に、犯人が船内のどこかにルビーを隠して素知らぬ顔でクルーズを続けているという話がありました。えっ、そのルビーの隠し場所はどこになったかですって？　そういえば、センセはずいぶん悩んでいましたけど、結局、どこになったんだろう」

今度は6デッキのランドリー・ルームである。しかも船首側！　上がったり下がったり、前へ行ったり後ろに行ったりと大変だ。

編集者・辻（耳に触れながら）「新名さんが、早坂さんの部屋の金庫の前で何かゴソゴソしていたのですが、もしかして指輪を……？　それから、野崎キャプテンは、センセの大ファンらしいですよ。最近、新作が出なくて、新しい作品を盗んででも読みたいと言ってました」

二泊三日のクルーズで洗濯をすることはまずない。前回でもひっそりとしていたが、今回は満員電車並みの込みよう！　それはちょっとオーバーとしても、次々と人が入ってきたのは間違いない。もし本当に洗濯をするつもりの人がいたら、きっと何もしないで帰ってしまっただろう。次のテレフォン・ブースは同じデッキだから楽だ。

編集者・貴島「辻さんが、以前冗談で、『貴賓室の怪人　第2部』を少し書き換えて頂いて、『鯨の哭く海』の次作として出版しようと言ってました。あれ？　辻さんが内田家愛用のフロッピーを船内で持っているのを見ましたけど、まさか、あのフロッピーが……？」

なんだか全員が怪しくなってきた。ここで浅見光彦は、10デッキ船首側のビスタ・ラウンジで休憩し、ひとまず証言をまとめることにした。

浅見「みんなの証言が、どうもかみ合わない。そうだ、4人と親しい集英社の永田さんなら何か知っているかも。……探してみよう」

ビスタ・ラウンジもすごい人だかりだ……と思ったら、ちょうど当の永田さんが皆に証言を配っていたのだ。

編集者・永田「やあ、皆さん。捜査ごくろうさまです。うーむ、役に立つかどうか分からないけど、辻さんのクセなら知ってますよ。辻さんは、デタラメな嘘をつく悪いクセがあるんです。……ああ、でも大丈夫。見分けるのは簡単です。辻さんがデタラメな事を言っている時は、必ず耳を触っていますから……。では、センセを早く見つけだしてくださいね」

ここでひとつ注意をしておこう。ミステリー・イベントは完全なフィクションである。編集者は本人の役を演じているのであって、本人そのものではない。嘘をつく癖もフィクションである。念の為に。ちょうどそこに榎木さん、ではなくて浅見探偵も登場し、ますます大混乱である。

せっかくだからビスタ・ラウンジでティー・タイムとでもいきたいところだが、謎が解けなくては味も分からない。次の目的地は同じ10デッキでも、まったく反対の船尾側にあるフィットネス・センターだ。

早坂「新名さんが言ってたわ、『ミステリKADOKAWA』で急遽原稿が貰えなくなった作家がいて、面白い事件もないから記事も書けないし、このままでは雑誌に穴が空いてしまうって。まさか自分で事件を起こして記事を書こうと考えたんじゃ……」

まったく勝手な証言ばかりである。なんだか足がふらつくようになった。もう疲れたのかと思ったら、外を見ると波頭がすごい。天気はすごくいいのだが、窓ガラスも波飛沫で濡れている。まさに天気晴朗なれど波高し、である。

ふらつくのは疲れたせいではなく、船の揺れのせいだ。そう信じよう。次は三階下りて7デッキのカード・ルームだという。

編集者・新名（耳に触れながら）「貴島さんは、奥さんにダイヤの指輪をねだられていたらしいですよ。貴島さんのお給料では買えないような高額なものらしいのですが……。ああそうか、それでもしかして、貴島さんが早坂さんの指輪を狙ったのかも……」

またまた混乱させる情報である。あまり広くないカード・ルームだから、ここも探偵で一杯。一番熱心に書き写していたのは小学生の女の子だった。そういえば、今回はずいぶん小学生くらいのお子さんが目立つ。はたしてちゃんと謎は解けただろうか？

次の目的地のシアターは6デッキ。ランドリー・ルームの隣りだ。効率が悪いようにみえるかもしれないが、急がば回れである。

編集者・辻「早坂さんは、センセに新しいダイヤの指輪をねだったら、1つ持っているからダメと言われたそうです。もしかして、盗まれたふりをして新しい指輪を買ってもらうんじゃ……。ああそうだ、そういえばセンセは『貴賓室の怪人　第2部』の後半を、まだ誰にも見せていなかったようですね。原稿は本当に書けていたんでしょうか」

耳に触れていないから、この証言に嘘はないようだ。ミステリー手帖に証言をそっくりそのまま写そうとすると、目が回りはじめる。船酔いには強いはずだったが……。うまいことに次はレスト・コーナーだ。10デッキだけど。

編集者・貴島「斉川さんは、最近、新しいマジックの練習をしていらっしゃったそうです。さっき、アシスタントの人からコッソリ聞いたんですけどね。どうやら人間消失のマジックらしいのです。もしかして、センセを消したのは……」

ますます混乱だ。浅見光彦は昼食のためリド・カフェへ行ったらしい。今度は8デッキの船尾側だ。浅見光彦はこれまでの証言をまとめて捜査方針を決める。

浅見「うーむ、それぞれに疑惑をぶつけてみるか……。4人とも忙しい人だから全員には無理かなぁ」

午後一時、ピアノ・ラウンジに早坂さんと、新名、貴島、辻の編集者三氏が集うそうだ。そこで重要証言が引き出せるとのことだが、時間はもうお昼に近い。リド・カフェからは美味しそうなカレーの匂いがする。ここは慌てても仕方がないので昼食にしよう。

その頃、「飛鳥」は三宅島のそばを通過していた。二〇〇〇年七月に噴火した三宅島では、九月に全島民が脱出、一年半経ってもまだ帰島できていない。有害な二酸化硫黄を含む火山ガスが、一日に五千トンから二万トンも放出されているという。せいぜい何日か一時帰島できるだけである。窓から目を凝らすと、たしかに煙のようなものが見える。自然の恐ろしさをあらためて感じた。

自然といえば今日の強風である。せっかくの天気なのに、デッキにはちょっと出られない。リド・カフェのオープンデッキも使用禁止だ。中での食事となっている。和食の昼食は稲庭うどんだった。さわやかな喉ごしで、少し気分がすっきりする。

そして午後一時、「重要証言コーナー」となった6デッキのピアノ・ラウンジは、大変な人だかりだった。ただ、たしかに四人から重要証言が得られるのだが、一度に一人にしか聞く（じっさいには証言をメモした紙がもらえる）ことができない。四周すればいいのかもしれないが、それも面倒である。他の探偵仲間（!?）と分担して集めたほうが早そうだ。ピアノ・ラウンジの椅子には、容疑者の四人がにこやかに座っている。まったくの善人にしか見えないが、もしかしたらミスターXXがこの中にいるかもしれないのだ。油断してはならない。

浅見「早坂さん、他の皆さんにお話をお聴きしたところ、早坂さんは新しい指輪を欲しがっていらしたそうですね……。ひょっとして、盗まれたふりをして、新しい指輪を買って貰おうと考えたのではありませんか？」
早坂「ふふふ、そんな事あるわけないでしょ。どんな事したってセンセは新しい指輪を買ってくれないと思うわ。でね、実はこの間、センセにはナイショで、新しい指輪、もう一つ買っちゃったのよ。あ、センセが見つかっても、この話は秘密よ？　……そういえば、センセはずいぶん前に、（センセの秘書の）宮原さんと作品以外のことで、コソコソと何か打ち合わせしていたようだけど。あれって、何だったのかしら……」

＊

浅見「新名さん、他の皆さんにお話をお聴きしたところ、新名さんは『ミステリKADOKAWA』に穴が空いてしまうと困っていらしたそうですね。面白い事件レポートを書いて、それで雑誌の穴埋めをしようと、今回の事件を起こしたのではありませんか？」
新名「はっはっはっ。そんな事あるわけないじゃないですか。そんな事しなくたって、『ミステリKADOKAWA』のお原稿は、先日センセにお願いして、エッセイを書いていただくお約束をとりつけたんですから……。でも、センセが見つからないと、それもダメになってしまいますからね。浅見さん、早く見つけだして下さいよ？　……そういえば、桜さんもだいぶ落ち込んでましたねえ、可哀相に。先週、銀座のティファニーで、偶然桜さんを見かけたのですが、その時は新しいダイヤモンドの指輪を買って、ニコニコして帰っていきましたけど……」

浅見「辻さん、他の皆さんにお話をお聴きしたところ、辻さんが『鯨の哭く海』の次作を欲しがり、『貴賓室の怪人　第2部』の原稿を狙っていたのではないかという噂があるのです。船内でフロッピーを持って歩いていらっしゃる姿を見たという証言もありますが、まさか本当にフロッピーを……？」

＊

辻「いやだなぁ。いくらなんだって、『貴賓室の怪人　第2部』を我が社から出版させて貰えるなんて思っていませんよ。原稿の順番は守ります。第一、今度うちの社では、早坂さんの書き下ろしを出させていただくことになっているんですから。船内で持って歩いていたフロッピーだって、その早坂さんの最新作『妖精の棲む森』のお原稿が入っているものを持っていたんですよ。原稿の入ったフロッピーもそうですが、何よりセンセはどこに消えてしまったんでしょうね。……消えたと言えば斉川さんが今、消失トリックの練習をしているのを知ってます？　それがね、僕も実験台にされたんですけど、全然消えないんです。斉川さんがセンセを消すのは無理ですね」

＊

浅見「貴島さん、皆さんにお話をお聴きしたところ、貴島さんは奥様に、高額なダイヤモンドの指輪をねだられていたそうですね。ひょっとして早坂さんの宝石を狙ったのは貴島さんではないかという噂があるのですが、まさか……？」

貴島「まさか!? 僕が早坂さんの宝石を狙っていたですって? ……僕の妻が宝石を欲しがっていた事は事実です。でも、去年の暮れに、冬のボーナスを全部はたいて、ついに買ってやりましたよ。ずっと欲しがってたから、とても喜んでくれました。そうそう、そういえばセンセ、お正月にお会いしたとき、『バラバラにして隠すと面白いな』って言ってたけど、あれってなんのことだったんだろう……?」

たしかに重要な証言ばかりである。極端に言えば、それまでの証言がなくたっていい。どんどん容疑者が消えていく。

ピアノ・ラウンジを出たところに浅見光彦のつぶやきがあった。「そういえば、ミスターXXの暗号って……」と。そして、なんとここで聞き込みは終了なのだ。いままでのデータから真相を推理しなければならないのである。解答の締切りは午後三時。「飛鳥」のそこかしこで推理会議が行われている。なかなか難問だから、ヒントコーナーも列がとぎれない。動機をちゃんと考えれば……。

早く正解を出したいが、その前に行きたいところがあった。ブリッジ(操舵室)である。午後二時から一時間、見学ができたのだ。八丈島まで行く予定が、波が高いので中止となった。「飛鳥」は御蔵島を回って北へと転進している。誰が操舵しているのかなと思ったら、自動操舵装置だった。しばし推理を忘れ、あちこち覗き込む。もちろん触ってはいけない。

そうこうしているうちに午後三時である。浅見光彦は最後にミスターXXの暗号を気にしていた。ミスターXXの暗号というのは、謎Aのことだろう。「グランドホール」が答えだったが、気になっていたのはキーワードである。「ａｓｕｋａ　ｗａｓ　ｎｉｎｅ　ｚｅｒｏ」というのは、英語として不自然だ。なぜ「ｉｓ」でなく「ｗａｓ」で「ｎｉｎｅｔｙ」ではなくて「ｎｉｎｅ　ｚｅｒｏ」なのだろうか。

思い出したのはコースターの裏にあった謎の言葉である。「首＝武器」だった。首と武器が同じ？　首、武器、首、武器……ｋｕｂｉ、ｂｕｋｉ、ｋｕｂｉ、ｂｕｋｉ……そうか！　これも文字の並べ替え、アナグラムなのだ。ローマ字にしてｋｕｂｉを並び替えるとｂｕｋｉになる。すなわち「首＝武器」なのだ。

とすれば、「ａｓｕｋａ　ｗａｓ　ｎｉｎｅ　ｚｅｒｏ」も並び替えてみよう。船はまだかなり揺れていた。なかなか集中できないが、いろいろ試行錯誤してみる。まず浮かんだのは「ｓａｋｕｒａ」の並び。桜さんがミスターXXなのだろうか。残りの文字を並べると「ｓｉｎｚｏｗａｅｎｅ」。桜心臓わえね……なんのこっちゃ、これは。

なおもいろいろ試しているうちに、ちゃんと意味のある言葉になった。なるほど、あの人物が犯人なのか。そうすれば合点がいく。なぜこんな怪盗騒ぎを巻き起こしたのかが。

解答の投票箱のところには続々と人が集まっていた。なんとか皆分かってきたらしい。

午後三時でミステリー・イベントはひとまず終了である。あとは夕食まで「飛鳥」の船旅を楽しむだけだ。クイズ大会やビンゴ大会があり、予約制でエンジン（機関室）ルームツアーもあった。シアターでは映画『天河伝説殺人事件』が上映中である。ビスタ・ラウンジでは、エレガント・ティーといってケーキが食べ放題だ。

しかし、午後三時過ぎが一番波が荒かった。10デッキとけっこう高い位置にあるビスタ・ラウンジの窓にも、激しく波飛沫がかかる。陽差しは強く、その飛沫で小さな虹がかかっていた。なかなかファンタジックだったが、いかんせん揺れがすごい。さすがに自分の部室でひと休みである。

午後五時三十分、夕食の一回目の頃にはこの荒波もかなりおさまった。この日のドレスコード（服装規定）はインフォーマルなので、おシャレをした女性がフォーシーズン・ダイニング・ルームに集まってくる。二日目は前菜、スープ、メイン料理、デザートをチョイスできた。たとえばメイン料理は「特選牛ロース肉のロースト、黒胡椒《こしょう》ソース」「骨付き仔羊の野菜包み焼き」「スズキのグリル、イタリアンソース」のどれかである。デザートはどれも食べたいが、ぐっとこらえて一つにする。

メニューには浅見光彦のメッセージがあった。午後九時三十分からグランド・ホールで真相をお話ししますとのことだ。レビューショーを観たりラスベガス・コーナーで楽しんだり、あるいはマリナーズ・クラブやピアノ・ラウンジで寛いだりしながら、その時を待つのだった。

五　ミスターXXの正体とは!?

いよいよフィナーレ・イベント（真相究明捜査会議）である。グランド・ホールには異様な熱気がこもっている。はたして自分の答えは正解だったのだろうか？　期待と不安が入り交じっていたことだろう。

まず、例によって司会の桜さんが登場した。「飛鳥」で「何か」を消し去るという謎の予告状に始まった、一連の事件の経過をまとめていく。結局、軽井沢のセンセが消え、早坂さんのダイヤモンドが消え、原稿のフロッピー・ディスクが消えてしまったのだ。ミスターXXは我々にさまざまな挑戦をしてきた。

ステージに早坂さんたちが登場した。劇の始まりである。いっこうに謎は解けていないようだ。偽センセは「船内を歩き回って、偽者の役目を果たして来なさい」と舞台を追い出される。そこに名探偵・浅見光彦が颯爽《さっそう》と現れた。

まず最初の謎はラ・ハーミヤの居場所を探す暗号だった。「asuka　was　nine　zero」をキーワードに解いていくと、「グランドホール」だと分かった（128ページ参照）。今日の午前九時、見事に解読してグランド・ホールに集まったのは合計二百三十二名だったとか。

次はグランド・ホールでラ・ハーミヤが出した問題である。浅見光彦は舞台に写し出された問題を解いていく。答えのメッセージは「ゲンコウハウミノソコ」(131ページ参照)。百人以上の正解があったのでセンセは帰ってくるのだが、原稿が海の底と知って、編集者は頭をかかえている。早坂さんはダイヤモンドも海の底なのかと心配するが、浅見はなぜか曖昧な返事である。

ここで浅見は観客に向かって質問するのだった。「asuka was nine zero」っておかしくはありませんかと。「asuka is ninety」で良かったはずでしょう……その時、舞台は暗転し、怪しげな照明と不気味な音楽。あのミスターXXの声が聞こえてくる。「約束通りセンセは返す。ただし、原稿はやっぱり海の底だ。ダイヤモンドは我輩が頂戴する」と。早坂さんのショックは大きそうだ。

「それでは、これでおさらばだ！　また会おう、浅見君！」

ミスターXXの笑い声が会場に響く。「皆さん、落ち着いて」と浅見。照明が元に戻ったところに、マジシャンの斉川さんがなんとセンセを抱えてきた。スカイ・デッキにいたという。センセはぐったりしている。大丈夫だろうか。皆が心配する。目隠しをして閉じ込められていたらしい。原稿よりもセンセのお体が無事でなによりと編集者。助かったのは探偵諸君のおかげだと感謝するセンセに、よかったと抱きつく早坂さんである。麗しき夫婦愛に感動だ。

センセは原稿がなくなったと聞いて残念がるが、自分だけでも無事戻ってきたから良かったじゃないかと編集者を慰める。早坂さんはまだダイヤモンドが惜しいようだ。センセは浅見に、頼りないじゃないかと詰めより、自分で推理しはじめた。

犯人はぼくのことを良く知っている人物だ。たとえば……とセンセは会場にいた編集者を指し、君が怪しいと追及する。しかし、ことごとく否定される。あろうことか早坂さんまで疑うが、きっとにらまれてさすがにこの説はすぐに撤回だ。では、いったい誰が犯人なのか。まさか浅見？

こんなセンセの言動を冷ややかな眼で見ていたのは浅見光彦である。「真相はすでに分かっています。この事件の犯人、それはあなたです」と浅見はずばり指摘する。なんとそれは軽井沢のセンセだった。一同、「えーっ」と驚く。もっとも、観客はだいたいこの真相を知っていたらしく、大袈裟なセンセのアクションに苦笑である。

センセは動機がないと反論した。浅見は、本当に『貴賓室の怪人　第2部』は書き上がっていたのかと問い質す。もちろんとセンセは頷く。「じゃ、作中で盗まれたことになっていたルビーは一体どこに隠されていたのですか」と、浅見はさらに追及する。ミステリー小説だから先に真相をばらしちゃいけないんだけどと、うろたえながらもセンセは隠し場所を答える。「飛鳥」の中にはない。紐で外にぶら下げてあったんだと。

ここで浅見は、観客のほうを向き、一人の女性を指名して質問する。「あなたはどんな答えを書きましたか」と。女性は答える。「私も同じく、紐で外に吊したと書きました」と。同じ答えはおかしいと浅見。偶然だよとセンセ。浅見は、すでにダイヤモンドを取り返したと言って、ポケットに手を入れる。慌ててセンセは、自分の上着のポケットに手をやった。その行動を怪しんだ早坂さんが探ってみると、なんとそこにダイヤモンドが入っていたのだ。

じつは、すでにラ・ハーヤミこと宮原さんが事件の真相を白状していたのである。すべては宮原さんを協力者にして、センセが仕組んだことだった。がっくりするセンセ。すっかり真相を見抜いた浅見が問い詰めていく。

作中のルビーの隠し場所に窮したセンセは、アイデアをみんなから貰おうと、この事件を計画したのだ。いいアイデアがあれば、それを使って『貴賓室の怪人　第2部』の後半が書ける。しかも、自分が消えてしまえば、容疑者から外れる。フロッピーにはもともと原稿など入っていなかったのだ。

浅見はちょっとやりすぎだったと、あの謎のキーワードの解読に入る。前方に十六人の探偵が並んだ。アルファベットを書いたカードを一枚ずつ持っている。左から読むと「ａｓｕｋａ　ｗａｓ　ｎｉｎｅ　ｚｅｒｏ」である。浅見の指示で移動が始まった。そしてできたことばが「ｋａｒｕｉｚａｗａｎｏｓｅｎｓｅ」。軽井沢のセンセ！　ちょっと自己顕示欲が強かったようである。

途中から浅見光彦を騙すのが楽しみになってきたというセンセを、みんなは許しはしない。編集者はこの犯行計画書を雑誌に載せるという。早坂さんはもちろんダイヤモンドをもう一つだ。皆を騙した罰である。じゃ、桜さんは？　ためらう彼女に、「僕とのデート」とセンセ。またもや顰蹙《ひんしゅく》を買ったところで大団円である。

カーテンコールで舞台に演じた人達が並ぶ。榎木さんが着ていた服は映画『天河伝説殺人事件』以来のもので、今度、軽井沢にある浅見光彦倶楽部のクラブハウスに展示されるそうだ。そのクラブハウスも撮影現場となったのが『黄金の石橋』だ。内田先生の演技を期待してくださいと語る。

内田先生は、ここで演じたキャラクターはみんな架空だと言う。そう、ミステリー・イベントはまったくのフィクションなのだ。ミステリー手帖の登場人物一覧に「軽井沢のセンセ」としてあったのがミソだった。これを「内田康夫」とうっかり読み替えてしまっては、謎のキーワードが解けないのだ。あくまでもイベントでは「軽井沢のセンセ」なのである。本物の内田先生は、原稿を書くためにこんな手段は絶対用いない。だから――『貴賓室の怪人』の続編はまだできていないのだ！

劇にも登場した女性のほか、ダイヤモンドの隠し場所でユニークな答えを出した人には賞品が贈られた。そしてなんと事件の真相をパーフェクトに答えた女性がいてビックリ。

ステージに並んだ16人の探偵。手にカードを持っている

カードを移動すると「KARUIZAWANOSENSE」

『黄金の石橋』のサイン入りシナリオなど豪華賞品が贈られた。最後はじゃんけん大会でアスカグッズなどのプレゼント。大いに盛り上がって、ファイナル・イベントは終了である。

この頃には揺れはすっかり収まっていた。再び相模湾に入ったようである。夜食の席には名（迷）演技をした皆さんの姿があった。今回はちゃんと黒子を準備したのがよかったようだ。

翌朝、軽井沢のセンセの犯行計画書が各部屋に届けられ、謎はすべて解けた。

六　楽しい時間はあっという間に過ぎて

明けて三月二十四日。風はまだ強いが、いい天気である。「飛鳥」は相模湾をぐるぐる回っている。昨日の揺れが嘘のように静かだ。朝食もゆっくり食べられる。リド・カフェのデッキは爽快だ。海風が心地好い。これこそ船旅である。横浜入港は午前十時だ。あとわずかしかないが、めったに乗る機会のない豪華客船「飛鳥」を堪能しよう。

春の陽差しが柔らかに注ぐ10デッキのビスタ・ラウンジでは、榎木さんが文庫本を読んでいた。その姿はまさに浅見光彦である。テレビ・ドラマの最後の作品は、四月に放映されると決定していた。だが、撮影は二月で終わっているのだ。この「飛鳥」が本当に最後に演じる浅見光彦となったのである。

やがて「飛鳥」は横浜港へと向かいはじめる。ランドマークや観覧車が迫ってきた。今回のミステリー・イベントは、解く謎にヴァリエーションをつけて成功していた。もちろん全部解ければいいのだが、暗号なんか苦手という人も多いだろう。アナグラムも、ミステリーのファンでなければ馴染みはない。けれど、ダイヤモンドの隠し場所なら、誰でもいくつか考えられる。皆が楽しめるイベントだった。

さて、今度はどんなミステリー・イベントが「飛鳥」であるのだろうか。早くも次回の旅に心を馳せつつタラップを下りるのであった。

船旅はミステリー

内田康夫

のっけから宣伝めいて恐縮だが、少し前にカミさん（編集部注・早坂真紀氏）が『白い船』という小説を書いた。島根県の漁村の小学校を舞台にした実話を基に、映画が作られたのを参考にしたものだそうだが、これがなかなかいい。山口はるみさんの絵がふんだんに入っていて、それも魅力だが、カミさんの文章の巧さにあらためて感服した。

ストーリーは、小学校の生徒が、はるかな沖を通る白い幻のような船に魅せられて、やがて船のキャプテンとの友情が生まれる——といった、それほどドラマティックな展開があるわけでもない。どちらかというと素朴な話だが、ラスト辺りではついホロリとくるものがある。白い幻の正体が船であることが分かった時や、船が岸よりにコースを変えて、子供たちに挨拶をしてゆく時の感動が胸を打った。そういう感動は、基本的に船が好きで、船に乗った経験がなければ書けない話だと思った。

僕とカミさんは二度のワールド・クルーズを体験している。一度目のはカミさんにとって初めての海外旅行で、大いに見聞を広めてくるつもりだったのだが、彼女は船酔いと闘う日々の連続。とてものこと、船旅の醍醐《だいご》味《み》をエンジョイするどころではなかった。それ以来、日本一周など、近海のショート・クルーズを何度かやって、三年後に二度目の世界一周に出た。その頃になると船酔いもしないし、船内での生活にもゆとりが持てた。いまや船旅のオーソリティのような顔をして、またぞろロング・クルーズに出かけるチャンスを窺っている。

船の旅というと尻込みしたくなる第一の理由は、おそらく船酔いの心配にちがいない。かくいう僕も本来は乗り物酔いの常習者だった。子どもの頃は電車に乗ってもすぐに酔った。長じてからもバスには弱かった。船はもはや論外である。相模湾に釣りに行っては、沖へ出たとたん船酔いに襲われるというパターンを繰り返していた。じつをいうと、いまでも怪しくなることがある。「飛鳥」や「ぱしふぃっくびいなす」のような大型豪華客船でも、揺れる時は大いに揺れる。小型船舶に乗り慣れているプロでも、大型船のあのゆったりした揺れには酔うという人がいるくらいだから、船酔いしたからといって、不思議ではない。

船酔いと上手に（？）付き合うには、いくつかのコツのようなものがある。

まず第一に、平凡なようだが、乗船前に乗り物酔いの薬をしっかり飲んでおくことである。乗ってから、あるいは酔い始めてからだと、胃が受け付けない状態になるのか、飲んでも効かない場合が多い。乗る一時間前に飲むくらいのつもりでいたほうがいい。

第二に、それでも酔いを感じたら、さっさと横になることである。横になると船の揺れを全身で受け止める恰好だから、大揺れの時など、不安感に襲われる。船が沈むんじゃないか――などと最悪の状況を想像する。その不安が酔いを助長させるのである。しかし、船は絶対に沈まない。そういう危険を察知しながら出航するような無茶は、日本の船舶に限って絶対にないと信じて大丈夫。というわけで、まずその不安を一掃して、船の揺れを揺りかごのように思うのがいい。赤ん坊の時に母親に揺すってもらっても酔わなかったのだから、その気になれば揺れもまた楽しくなる。もっと揺れろもっと揺れろと念じるくらいがいい。

ほかにもいろいろあるかもしれないが、基本的にはこの二つで十分。このコツを覚えておけば、船の旅は断然、楽しくなる。カミさんの場合は、そういう配慮が間に合わなかったので、医務室に駆け込んで注射を打ってもらった。注射はてきめんの即効力があるのだが、僕は注射嫌いだから、注射を打つくらいなら酔いを我慢しようと頑張っているうちに、船酔いを克服していた。

「浅見光彦シリーズ」の第二作『平家伝説殺人事件』の中に、東京から四国の高知まで行く大型フェリーの上から、酔っぱらいが海に転落するという場面がある。ご承知の人もいるかもしれないが、『平家——』は僕の作品の五番目にあたるもので、その前の『「萩原朔太郎」の亡霊』でようやくプロ作家になる宣言をしたばかり、つまり半分素人みたいな時代の作品だ。浅見クンもまだ初々しく、ヒロインとの結婚を約束している。その約束がいったいどうなったのか——については、自作解説やそれ以外のエッセイなど、いろいろなところで暴露しているので、お読みいただくとして、じつはつい最近、面白い（？）体験をした。

愛媛県の取材で、往復に東京から四国までのフェリーに乗った。その船内に写真入りの張り紙がしてあった。水上警察のポスターだが、凶悪犯の指名手配ではなかった。ある乗客が、船室内に身の回りの品を置いたまま、船から消えてしまったというのである。年格好は浅見クンと同じくらいの、なかなかのハンサムであった。お心当たりの方はご連絡下さい——と書いてあった。

船側としては、海中に転落したものではないか——と憶測したようだ。乗船客が下船を確認されていないのに消滅したとなると、それ以外には考えられない。この「確認作業」は、乗船券を下船時に回収するという方法で行われているのだが、以前に乗った時は、それほど厳密にはしていなかったような気がする。ひょっとすると、その事件がきっかけになったのか、過去にもそういう事故があったためかもしれない。それで思い出したのだけれど、『隅田川殺人事件』で、隅田川を往来する観光用の水上バスの乗客が消えてしまった事件では、その乗船券の回収作業が事件の発生を告げている。

今回のフェリーでも下船時のガイドで、半券を回収する旨がアナウンスされた。われわれは慌てて荷物に紛れ込んでいた乗船券を探したものである。ところが、実際には回収作業は行われなかった。船側がうっかりしたのか、あるいはサボッたのだとすると、こんな話は何だか告発するようなことになりかねない。もしそういう結果になると申し訳ないが、これは事実で、いまも僕の手元に乗船券の半分が残っている。

ところで、『平家伝説殺人事件』では、これとそっくりの「事件」が起きている。乗客の一人が船から転落したらしく、消えてしまったというのである。これがじつは人間消滅トリックだったことが後に分かる。友人であるフェリーの一等航海士から相談を受けた浅見光彦が、真相解明に乗り出したのが物語の発端だが、あの時はまったくの想像で書いたから、ほんとうにそんなことが起こりうるものかどうか、気掛かりではあった。今回図らずも、現実にそういう事件が起きることを知って、不謹慎な話だが、ほっとした。

国内のフェリーでもそれだから、「飛鳥」や「ぱしふぃっくびいなす」の乗船・下船のチェックはきわめて厳しい。とりわけ海外クルーズでは、直接、密入出国に繋がることだから、蔑《ないがし》ろにはできない。しかし、そういうチェック体制の厳しさがあるから、かえってそれを上回る抜け道探しがミステリーのテーマになりうる。

『貴賓室の怪人』ではそうした豪華客船の盲点を衝いた。ただし客船で事件を起こす場合、死体の処理をどうするかが問題になる。地上なら山奥に穴を掘って埋める手段が考えられるが、船ではそうはいかない。船から突き落とすか、死体を放り出すかすれば簡単だが、いつどこから監視の目が注がれていないとも限らないので、現実にはかなりの危険が伴う。あれこれ研究（？）して、ギャレー（厨房）の下の階にある残《ざん》滓《し》の粉砕機（ディスポーザー）にかけてしまうのが最もいい方法であるという結論に達した。これだと、骨も粉砕するから、きれいさっぱり死体を消すことができる。しかし、ここでタネ明かしをしてしまったので、もはやその手は使えない。

船はそれ自体が密室だから、いろいろなトリックが考えられる。僕の作品の中には船がらみの話がほかにもいくつかある。『氷雪の殺人』では、北海道の稚内と利尻島を結ぶ定期船が一つのトリックの要素になっている。

『琵琶湖周航殺人歌』では琵琶湖に浮かぶ観光船が事件の舞台だった。事件現場となった船のうち最も小型のものは、『鞆の浦殺人事件』の岬と島を結ぶ連絡船である。

優雅な船の旅をしながら、そういう殺人のためのトリックを考えているミステリー作家なんてヤツは、どうせロクな死に方はしないにちがいない。しかしその一方に、みんなでミステリーを楽しみながら船旅をしようという考え方もある。それが「ミステリークルーズ」の主旨であった。

「ミステリークルーズ」の面白さは、のんびり旅するはずの船上で、緊迫し、凝縮した時間を過ごそうという、逆転した発想があることかもしれない。乗客全員が探偵ゴッコに参加し、同じ目的のために演出された空間を共有するのだから、これほどの一体感はない。見知らぬ乗客同士が仲間でありライバルになる。少なくとも船上の二泊三日は「浅見光彦ワールド」とでもいうべき世界の中で、共通の話題で打ち解けることができる。

しかし、考えてみると、船の旅それ自体が日々、新しい出会いを模索する、まさにミステリークルーズなのであった。早い話、明日の天候は予定されていないし、訪問先で何が起こるのかは、それこそ未知の領域だ。夜が明けて見知らぬ港へ入ってゆく時の胸ときめく思いは、良質な物語と出会った時とそっくり同じものである。

北区ミステリーツアー

名探偵★浅見光彦の住む街

少年時代編

北区では「北区内田康夫ミステリー文学賞」を創設した。
記者会見後、北本正雄区長と握手を交わす内田先生
（応募要項など詳細は本文参照）

ウォークラリーで賑わう
北区の商店街

バラの花が見事に咲き競う旧古河庭園。捜査を忘れてしばし鑑賞

雨上がりでしっとりしたイメージの飛鳥山公園。春は桜の名所として賑わう

内田先生の特設コーナーを常設した書店。本を購入したらキャンディーをプレゼントしてくれた（プレゼントはウォークラリー期間中だけ）

当然、平塚亭にも
ラリーのポスターが

今回は少年時代編。
さて、次回は…

浅見光彦が学んだ滝野川小学校

北区ウォークラリーの特徴は
家族連れが目立ったことだ

期間中の参加者は
一万名を大きく上回ったという

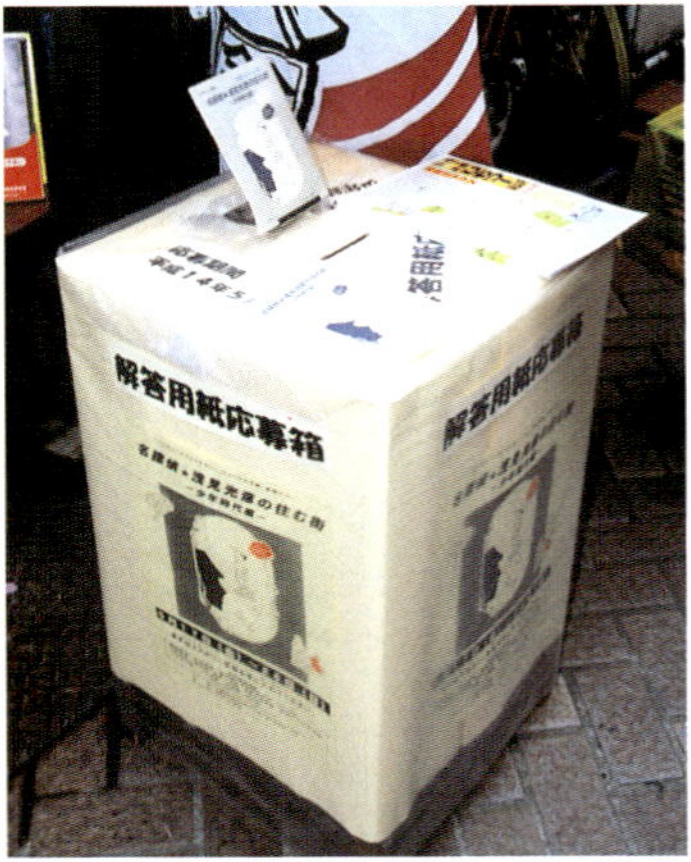

霜降銀座の入り口。告知のポスターでPR

ミステリアス信州
木曽福島・奈良井宿紀行

スクラッチを削ると
謎の文字…

手帖の表紙にある
櫛が、
今回のツアーでは
重要なカギとなった

奈良井宿を行く時ならぬ一行。
これって、もしかすると映画のロケ？

トートバッグの中からひざ掛けが。
信州の夜は冷えるので
女性にはうれしいプレゼント

新宿発の団体列車。
車内で配られたグッズや捜査資料に
ミステリーツアーへの期待が高まる

内田先生は凝った演出で登場。木曽福島では籠に乗って…

奈良井宿では新名所・木曽の大橋からカッコヨク出現した

捜査の先では地元町役場の
方達から貴重な「証言」を
いただいた

雨にも負けず
疲労もものとはせず、
懸命の捜査が続く

木曽福島町役場前では、関所まつりの武士が出迎えてくれた

この日のゴールである町役場前で。冷えた体に甘酒のおいしかったこと

観光バスをズラリと連ねて。団体旅行がついに実現

バスを降りて、向かう先は開田高原。木曽馬の里である

残念ながら雲がかかっていたが、背後に聳えるのは木曽節にも唄われる御嶽山

あちらこちらで、たちまち記念撮影の輪ができた（奈良井宿にて）

やっぱり人気の内田先生。
歩いているだけでも
次々にカメラが向けられる

ま、記念写真にもいろいろあって。
こんな撮り方もあった

江戸時代は奈良井千軒と称された

大宝寺のマリア地蔵

なぜか南京玉簾が始まった

木曽の新名所・大橋は平成三年に完成。木曽檜だけを使って造られた

奈良井宿で見つけた素敵なカップル

このページから個人旅行編のスナップです

若い女性の二人組が目についた「ミステリアス信州」の個人ツアー

中山道のほぼまん中。福島関所では、女改めと鉄砲改めが厳しかったという

信州を訪れたならやっぱり蕎麦。どの店もみな混雑

案内にはびっくりしたり助けられたり

疫病流行を鎮めるという鎮神社。鳥居峠に建立され、その後奈良井に移された

太田さん、お世話になりました

「新米探偵なんかじゃないぞ」、と言いつつ来年を期待してしまうのだ

第三章　北区ミステリーツアー

名探偵★浅見光彦の住む街　少年時代編

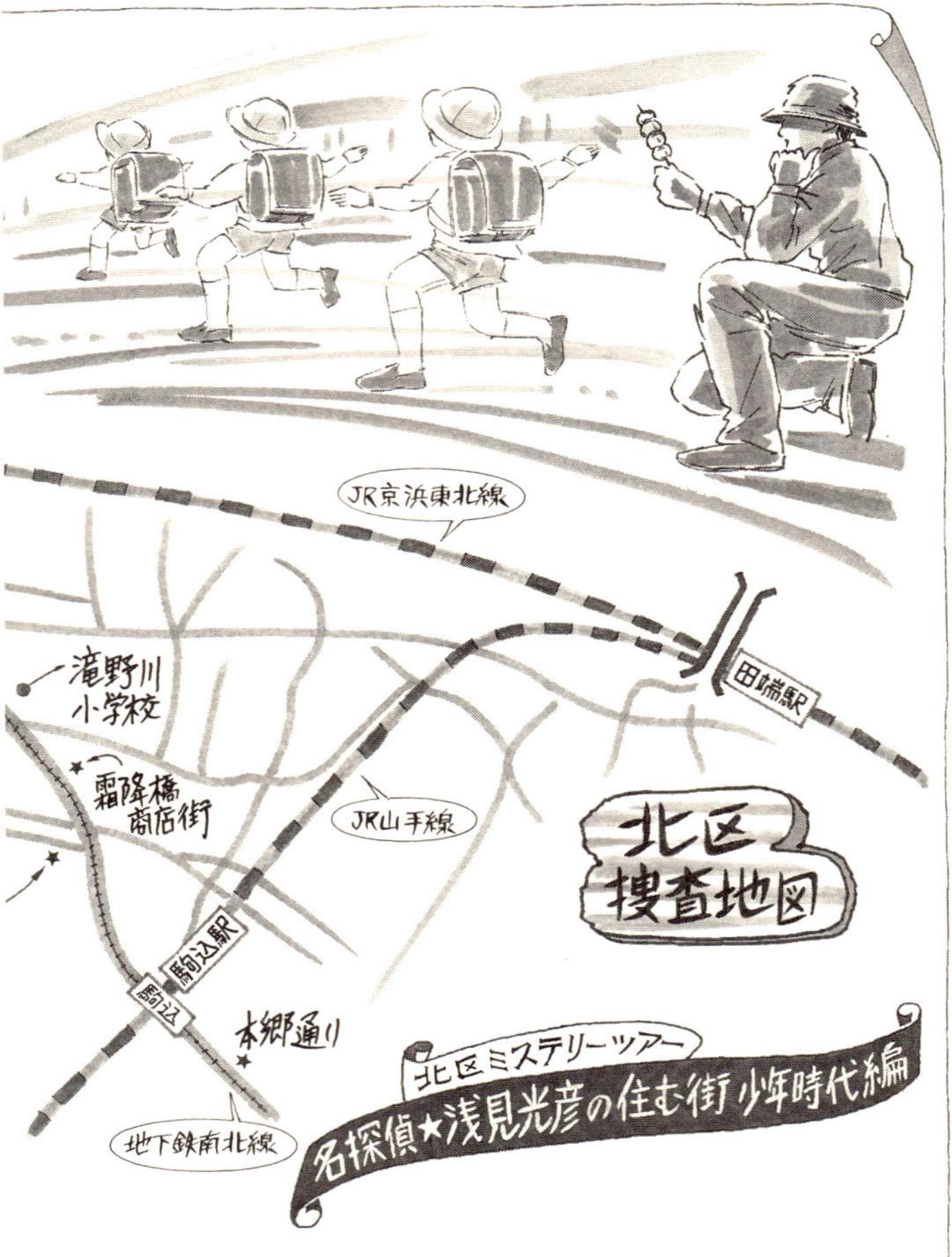

JR京浜東北線
滝野川
小学校
田端駅
霜降橋
商店街
JR山手線
北区
捜査地図
駒込駅
駒込
本郷通り
北区ミステリーツアー
名探偵★浅見光彦の住む街 少年時代編
地下鉄南北線

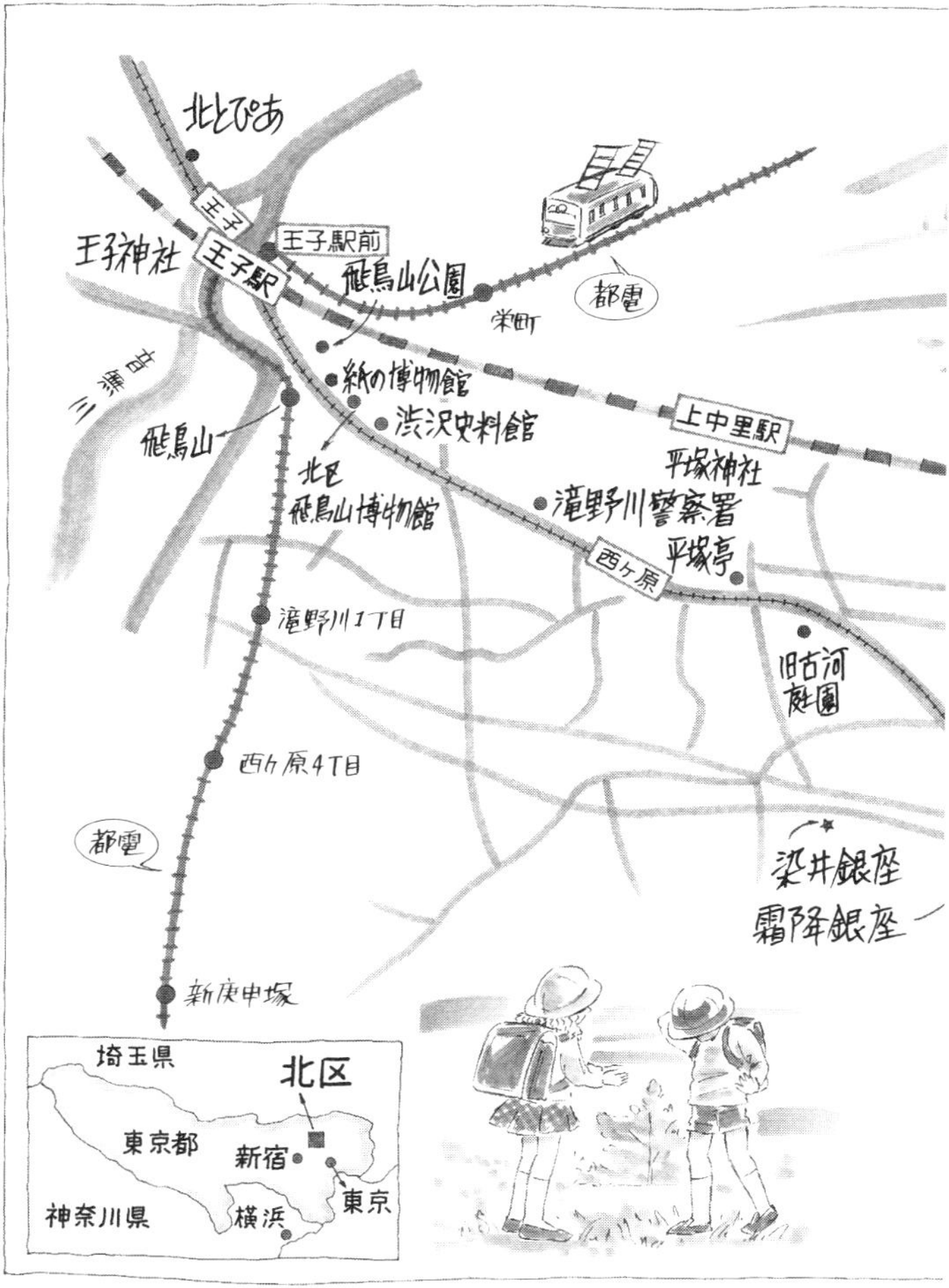

北とぴあ
王子
王子神社
王子駅
王子駅前
飛鳥山公園
都電
栄町
紙の博物館
渋沢史料館
飛鳥山
北区
飛鳥山博物館
上中里駅
平塚神社
滝野川警察署
平塚亭
西ヶ原
滝野川1丁目
旧古河庭園
西ヶ原4丁目
都電
染井銀座
霜降銀座
新庚申塚
埼玉県
北区
東京都
新宿
東京
神奈川県
横浜

一　北区は招く

東京都北区は名探偵・浅見光彦の住む街としてすっかり有名になった。一九八二年刊の『後鳥羽伝説殺人事件』で初めてミステリー・ファンの前に姿を現わしたときから、浅見光彦はずっと北区西ヶ原三丁目に居候している。居候というのは本当は正確ではない。母の雪江や兄の陽一郎一家と自分の生まれた家に住んでいるのだから、そしてちゃんと生活費は入れているのだから、居候などと言われる筋合いはないのだ。だが、なぜか周囲からはそう思われている。

浅見の日常生活は作中でたびたび描かれている、かつて通った小学校も実際にある。ときには殺人事件が起きたりしていた。北区ではちゃんと「北区が登場する作品一覧」を作っている。浅見光彦のファンならば、一度はぜひ訪れてみたいところばかりだ。

そのひとつのきっかけとなるのが、北区で毎年のように行われているウォークラリーである（集英社文庫『浅見光彦を追え』『浅見光彦　豪華客船「飛鳥」の名推理』参照）。ミステリー手帖を片手に北区を散策しながら、いくつかの謎を解いていく。正解すれば抽選

北区が登場する作品一覧（西ヶ原界隈抜粋）

場　所	作　品　名
飛　鳥　山	赤い雲伝説殺人事件　朝日殺人事件　菊池伝説殺人事件　怪談の道　佐渡伝説殺人事件　喪われた道　蜃気楼　沃野の伝説　隅田川殺人事件　平家伝説殺人事件
平　塚　神　社	藍色回廊殺人事件　琥珀の道殺人事件　怪談の道　沃野の伝説　氷雪の殺人　華の下にて　金沢殺人事件　終幕のない殺人　平家伝説殺人事件　白鳥殺人事件　姫島殺人事件　赤い雲伝説殺人事件　鏡の女　薔薇の殺人
平　塚　亭	赤い雲伝説殺人事件　終幕のない殺人　蜃気楼　白鳥殺人事件　華の下にて　鏡の女　金沢殺人事件　怪談の道　薔薇の殺人　姫島殺人事件　氷雪の殺人　沃野の伝説　平家伝説殺人事件　風葬の城
上　中　里　駅	藍色回廊殺人事件　華の下にて　薔薇の殺人　氷雪の殺人　怪談の道　金沢殺人事件
滝野川警察署	遺骨　金沢殺人事件　沃野の伝説　怪談の道　佐渡伝説殺人事件　坊っちゃん殺人事件
滝野川小学校	鏡の女　「首の女」殺人事件　蜃気楼　隅田川殺人事件　沃野の伝説
旧古河庭園	蜃気楼　姫島殺人事件　沃野の伝説
本　郷　通　り	佐渡伝説殺人事件　蜃気楼　沃野の伝説
昌林寺（小説では聖林寺）	鐘　蜃気楼　沃野の伝説
北区の文化センター（滝野川会館）	蜃気楼
霜　降　橋	蜃気楼
七　社　神　社	沃野の伝説
北　京　飯　店	日蓮伝説殺人事件

でいろいろな賞品が貰えた。ときには内田先生が参加しての楽しいイベントもあった。

こうしたイベントがあれば、より心惹かれるだろう。いろいろ名所を回ることができるし、もしかしたら浅見光彦とすれ違うかもしれない……。そんなはずはないのだけれど、不思議とさほど荒唐無稽と思わないのは、小説ですっかり北区と浅見の深い関係になじんでしまったせいだろう。

二〇〇二年も五月十七日から二十六日まで、十日間にわたってウォークラリーが行われた。題して「名探偵★浅見光彦の住む街―少年時代編―」。今回の特徴は、商店街の人達が積極的に参加していることだろう。いっそう北区に親しみのもてるようなイベントになっているらしい。

なにはともあれミステリー手帖の入手だ。今回は、ミステリー手帖にある物語の空欄を埋め、それをヒントにして、十五文字のキーワードと内田作品の一つを選び出す趣向である。知識だけでは分からない。実際に現地を歩いてみないと、その謎は完全には解けないのだ。

霜降銀座、染井銀座、霜降橋商店街と、今回のウォークラリーの主役とも言える商店街の詳しいマップがミステリー手帖にはあった。お豆腐が一割引になったり、消費税分サービスしたりと、期間中にいろいろと特典のある店がたくさん。クリーニングが安くなっても我々にはあまり関係はないが、古本二割引なんていうのにはそそられた。

モデルコースとして、王子駅出発、上中里駅出発、田端駅出発の三つが示されていた。いずれもコースの全長が三キロメートル前後あるから、けっこう歩くことになる。ミステリー手帖に書かれている物語の進行と同じように歩くためには、もっとも距離があるけれど、王子駅出発がいいようだ。近くには「北とぴあ」があり、行きなれたところである。

物語の発端は、小学校の同級生、木村修一から届いた葉書だ。しばらく会っていないが、浅見に何か相談があるらしい。修一は本好きで、とくにシャーロック・ホームズのシリーズが好きだった。ふと、懐かしい思いにひたる浅見である。

二　本を買ったらおまけにキャンディー

まず浅見は少年時代に遊んだ場所へと向かった。

「浅見は、子供の頃いつも遊んでいた□□□□□公園へ足をむけた」

この公園は桜でかなり有名である。八代将軍徳川吉宗が整備させたものだが、最初に植えられたのは一七二〇（享保五）年から翌年にかけてで、合計一二七〇本だったという。一八七三（明治六）年に日本最初の五公園の一つに指定され、整備されていった。面積は約六万平方メートル。紙の博物館など三つの博物館もある。

王子駅からほんの一分の距離にあるこの公園、もちろん飛鳥山公園（あすかやま公園）だ。桜の季節ともなれば花見客で一杯になるが、今はあまり人影がない。地元の人達の憩いの場となっている。

飛鳥山公園は桜だけの公園ではない。「飛鳥の小径」と称される散歩道では、季節ごとにさまざまな花が咲いている。桜の次はツツジである。


「ツツジがすっかり終わると、○○○○が見頃を迎える」


あまり草花には詳しくない。さすがに桜は分かるが、それほどいろんな花を知っているわけではないので、困ったなと思っていたら、「飛鳥の小径」の案内板に季節の花々が紹介されていた。どうやらこの答えは紫陽花（あじさい）のようだ。この飛鳥山公園や近くの音無川が浅見の少年時代の遊び場だった。

数多くいる名探偵で、浅見ほど学歴が詳《つまび》らかになっている人物も少ないだろう。飛鳥山公園から本郷通りを駒込駅のほうへ行く途中に、浅見の母校がある。なんの変哲もない、ごくありふれた学校だが、かつて浅見が通った（校舎が昔のままかどうかは分からないが）と思うと感慨深いものがある。

「子供たちの声に後押しされるように、浅見はかつて通った母校、東京都北区立□□□□□□□□□□□□に行ってみることにした」

答えは滝野川小学校（たきのがわしょうがっこう）である。浅野夏子との初恋も思い出される。ぼんやりと考え事に耽《ふけ》っていたせいか、浅見の学業成績は必ずしも芳《かんば》しくなかった。飛鳥中学、小石川高校と進むにつれて、学校教育とはずれが生じはじめ、二流だか三流だかの大学に入っている。天才とは得てしてそういうものだ。

滝野川小学校からはちょっと戻ることになるが、北区に来てこのお店に寄らないわけにはいかない。和菓子の平塚亭だ。

「ここ○○○○○界隈には、浅見の苦しい時の神頼みならぬ、団子頼みという心強い味方がある」

母親の雪江未亡人は浅見に厳しい。三十三歳にもなって独身で、ルポライターなどという不安定な職業だ。しかも、しょっちゅう事件に首を突っ込んで、警察庁刑事局長である兄を困らせている。つい口うるさくなってしまうのも分かるが、平塚亭のお団子をお土産にすれば、機嫌はよくなるのだ。ただ、今回の浅見はとくに寄った形跡はない。代わりに我々がお土産を買っておこう。お団子に大福に……。まだ先は長い。ほどほどにしておいたほうがいい。

　平塚亭の脇を入っていけば平塚神社である。死体が発見されたりしてここも浅見光彦シリーズの名所（？）だが、今回は問題となっていない。答えは西ヶ原（にしがはら）だろうか。ちょっと不安である。

　いよいよ商店街へと向かう。

「□□□□□□□は、東大前を通り、山手線の駒込駅を過ぎたあたりから、店舗数百店以上の「霜降橋商店街」となる」

　この商店街には浅見が五目そばを食べた北京飯店がある。お昼にはまだ時間があったので、今回は残念ながら通過である。答えは本郷通り（ほんごうどおり）だろう。

　駒込駅の手前で、本郷通りから右に細い道を入ると霜降銀座である。さらに、ソメイヨシノ発祥の地とされる染井銀座、西ヶ原銀座と、商店街が連続しているのがひとつの特徴だ。途中で豊島区になったり、また北区に戻ったりするのが面白い。区の違いを越えて商店街の青年部が協力、「西ヶ原染井じもつーＭＡＰ」（「じもつー」とは、地元に詳しい、つまり地元通の略）を作ったりもしている。

霜降銀座では、環境問題に配慮し、資源を大切にするためにマイバッグでの買い物をすすめている。オレンジ色のこぶりのバッグで、可愛らしいマスコットが描かれている。

「近くの店で尋ねると、商店街で環境を考えて作った○○○○エコバッグという物で、その環境への取り組みは東京都知事からも表彰されたのだという」

これはさすがに地元の人以外は分からないだろう。オレンジ色のエコバッグらしきものを店先に掲げている靴屋さんに聞いてみた。答えは「しーちゃん」であった。「しーちゃん」は霜降銀座のマスコットである。霜降の「し」からとったようだ。

いろいろなお店が軒を連ねている庶民的な商店街は、いつも近所の人で賑わっているようだが、ウォークラリーでさらに盛り上がっていた。たまたま訪れた日には、テントが張り出され（そこにもあのしーちゃんマークが！）、参加者や子供にお菓子のサービスがあった。気になったのは同時開催の健康相談コーナーだが、ウォークラリーが優先である。

サービスといえば、とある書店では浅見光彦シリーズを買うとキャンディーが貰えた。べつにキャンディーが目当てではないけれど、ちょっと覗いてみる。各社の文庫本を豊富に揃えてあった。名探偵の住む街で、その名探偵の活躍する本を買う。なかなかできないことだ。

商店街のそこかしこに、ウォークラリーの謎解きのヒントが隠されている。直接商店に尋ねるようなものもあった。大きな時計が目立つ染井銀座サービスセンターもヒント・コーナーのひとつで、西ヶ原界隈の地図が張り出されている。中年夫婦が熱心に見入っていた。はたしてうまく謎を解くことができただろうか。

三　バラが咲き乱れる旧古河庭園

べつに何かを買うあてもなく、連なる商店街を通り抜けていく。買い物をしている浅見家のお手伝いの須美ちゃんに会えるかもときょろきょろしたが、まだお昼前である。買い物するには早すぎるだろう。もっとも、須美ちゃんの顔はあまりよく知らないのだが。

西ヶ原銀座を出て右折し、西ヶ原界隈を抜けて、地下鉄南北線の西ヶ原駅付近まで戻る。おそらく浅見家の近くを通ったはずだが、どのお宅かは判断できなかった。たとえ見つけたとしても、浅見はいないはずだ。素敵な洋館を訪れているからだ。

「商店街からすぐのところに、バラと洋館で有名な□□□古河□□□□がある」

これはとても立派なところだからすぐに分かる。旧古河庭園（きゅう古河ていえん）だ。元々は陸奥宗光の邸宅であった。宗光の次男が古河財閥の養子となったとき、邸宅も古河家のものとなる。戦後、国へ所有権が移り、東京都が無償で借り受けて一般公開している。面積は約三万平方メートル。

北側の小高い丘に洋館があり、斜面は洋風庭園、低地は池を中心とした日本庭園となっている。洋館と洋風庭園の設計者は、鹿鳴館も設計したジョサイア・コンドル（一八五二～一九二〇）だ。和風庭園は京都の有名な庭師である小川治兵衛の手による。

なぜかこれまで北区で行われた浅見光彦にまつわるミステリー・イベントは、二月や三月が多い。かねてから洋風庭園のバラの美しさは知っていたのだが、タイミングを逸していた。今回ようやく念願がかなった。さまざまな種類のバラが庭園一杯に咲いている。前夜に雨が強く降ったので、少ししおれ気味ではあったけれど、鮮やかな彩りだ。ところが、あんまりバラに見とれていたせいか、ミステリー手帖のことを失念してしまった。

「石垣を、秋篠宮眞子様の「お印」である○○○○○○がびっしりと被い、訪れる人の目を楽しませている」

石垣？　説明があったのかもしれないが、すっかり見逃してしまったのだ。これは検討課題ということにしよう。

　旧古河庭園でも浅見の姿は見つけられなかった。すでに自宅に戻ったようだ。浅見が少年時代に読んでいた本の間から出てきたと、雪江が古いしおりを持ってくる。そこには和歌と十二単の女性が描かれていた。

「浅見は少年時代、〇〇〇〇〇〇〇の絵札を二組に分け、天智天皇と崇徳院を大将に、お姫様や坊さんまで配して「合戦ごっこ」をして遊んだ事を思い出した」

　商店街の三軒の店では、手掛かりとなるしおり（にしてはずいぶん大きかった）を配っていた。これは簡単だろう。百人一首（ひゃくにんいっしゅ）である。

「そして驚いた事に、そのしおりには、浅見がいつもルポを書いている『〇〇〇〇〇』の雑誌名が印刷されていた」

　これはフィクションの世界の知識で難しい。だが、浅見ファンにとっては常識だ。『旅と歴史』（たびとれきし）という雑誌が、浅見の主たる原稿執筆の場である。

　こうして浅見が昔を思い出してから数日後、木村修一と再会する。相談とは、推理作家志望の修一が、今度創設された「北区内田康夫ミステリー文学賞」に応募したいので、浅見にいろいろ話を聞きたいというのであった。浅見はとっておきの不思議な事件を話してあげる――。

　この「北区内田康夫ミステリー文学賞」はフィクションではない。ちゃんと二〇〇二年四月三日に、北区区長と内田先生が出席して、「北とぴあ」で創設発表の記者会見が行われた、正真正銘、本当の文学賞なのだ。

　田端文士村があった北区はかねてより文学と縁の深い街だが、よりいっそうそのイメージを高めようとして「北区内田康夫ミステリー文学賞」は企画された。四百字詰原稿用紙で四十枚から八十枚のオリジナル短編ミステリーが対象で、賞金はなんと百万円！　最初の締切りは二〇〇二年九月三十日である。

　地方自治体が文学賞を設けるのは珍しくないが、ミステリーとなるとほとんど例がない。審査員の中にはもちろん内田先生の名もある。北区との関連が選考に関係するわけではないが、記者会見の席上で内田先生は、「爽やかな作品を期待している。できれば北区が舞台のものを」と語っていた。北区はますますミステリーで盛り上がりそうだ。

　とはいえ、それはまだ先の話である。目下の問題はウォークラリーの謎解きだ。霜降商店街に戻って捜査会議である。ウォークラリーに協力して、いろいろな店でサービスしてくれている。飲食店も例外ではない。利用しない手はないだろう。結局、百円引きとなる

「北区内田康夫ミステリー文学賞」の審査員
内田先生の北区での肩書きは北区アンバサダー
（アンバサダーとは大使）

うなぎ屋さんで、かなり遅くなったが昼食である。

見るからに歴史のありそうな店構えだが、店員さんは気さくで、いかに商店街がこの企画に力を注いでいるか話してくれた。ふと思い付いて、旧古河庭園で調べそこねたヒントを聞いてみた。地元の人なら知っているかもしれない。これは大正解であった。もっこうバラ（もっこうばら）とのことである。やはり地の利だ。

これでミステリー手帖のヒントは出そろった。ヒントは□印と○印で二つに分けられる。

ヒントA
□□□□[1]□[2]公園　↓あすかやま
北区立□□□[3]□□□□□[4]□[5]□□[4]　↓たきのがわしょうがっこう
□□[6]□□[4]□□□は、東大前を通り、　↓ほんごうどおり
有名な□□[7]□[4]古河□□[8]□[9]□[6]　↓きゅう、ていえん

ヒントB
○○○[10]○[8]が見頃　↓あじさい
○○○○○界隈　↓にしがはら
○○○[11]○[1]○[6]エコバッグ　↓しーちゃん
眞子様の「お印」の○○○○[4]○[12]○　↓もっこうばら

○○[1]○[13]○○[6]○[8]○○○[7]の絵札　↓ひゃくにんいっしゅ
浅見の職業と密接にかかわる○○○[14]○○○　↓たびとれきし

キーワードは数字のついた文字を並べ替えると分かる。

□[9]□[5]□[11]□[7]□[4]□[14]□[1]□[2]□[3]□[12]□[8]□[1]□[13]□[10]□[6]　↓えっちゅうとやまのばいやくさん

「越中富山の売薬さん」だ。キーワードはこれでバッチリである。内田作品のほうは、ヒントAがすべて登場するものだという。181ページの表と、今回歩いた場所を重ね合わせていく。飛鳥山、滝野川小学校、本郷通り、旧古河庭園……。すべて舞台となっているのは『沃野の伝説』と『蜃気楼』の二つに絞られるが、富山の薬売りといえば『蜃気楼』に違いない。

無事に解答が分かってホッとした。西ヶ原界隈は何度も歩いているが、今回は地元商店街により接近ということで、これまでとはまた違った楽しみがあった。一家で一所懸命に謎解きをしている姿もあり、なんとも微笑ましかった。名探偵・浅見光彦の住む街の魅力はまだまだ尽きない。

第四章

ミステリアス信州
木曽福島・奈良井宿紀行

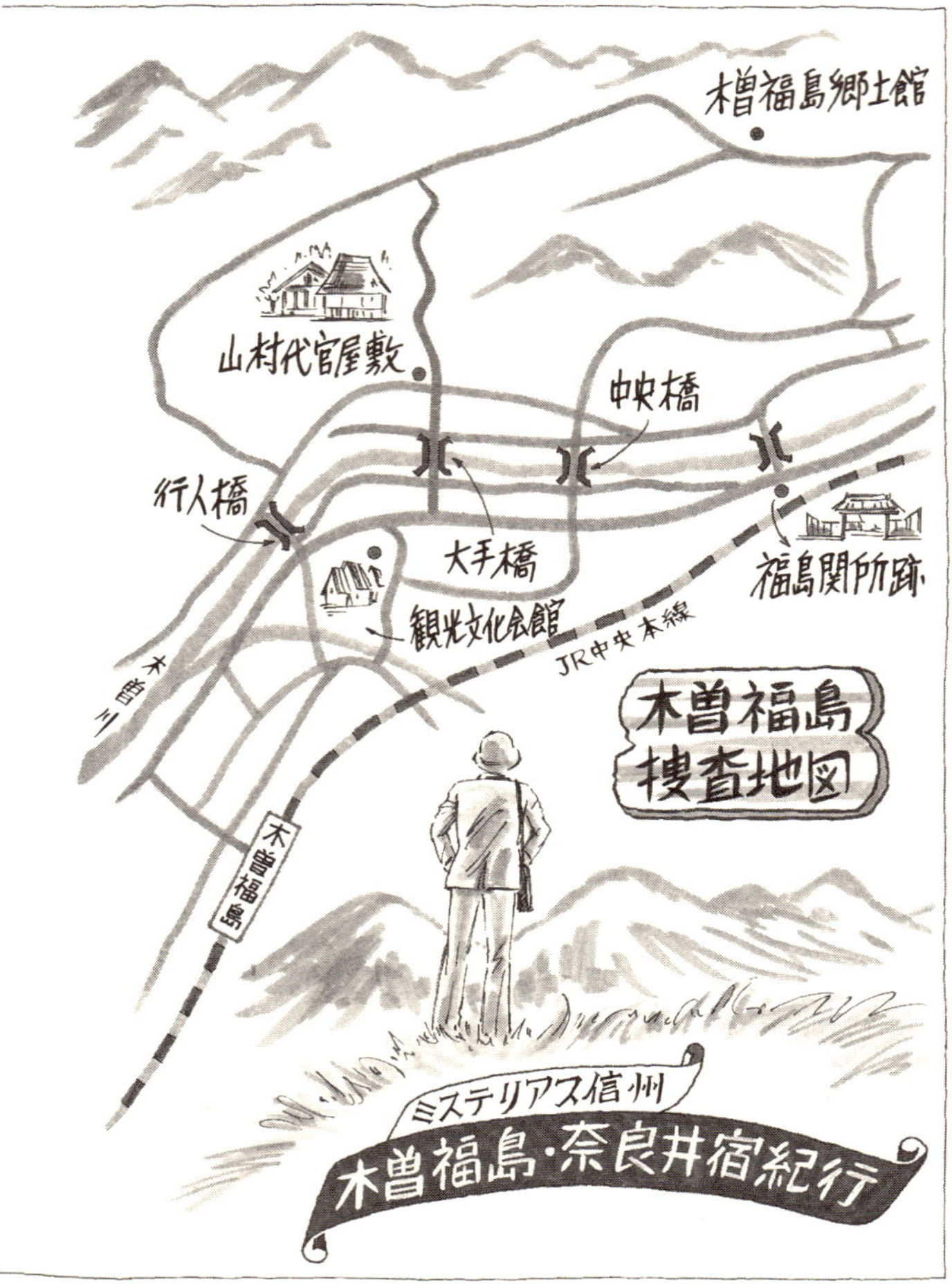

木曽福島郷土館
山村代官屋敷
中央橋
行人橋
大手橋
福島関所跡
観光文化会館
JR中央本線
木曽川
木曽福島
捜査地図
木曽福島
ミステリアス信州
木曽福島・奈良井宿紀行

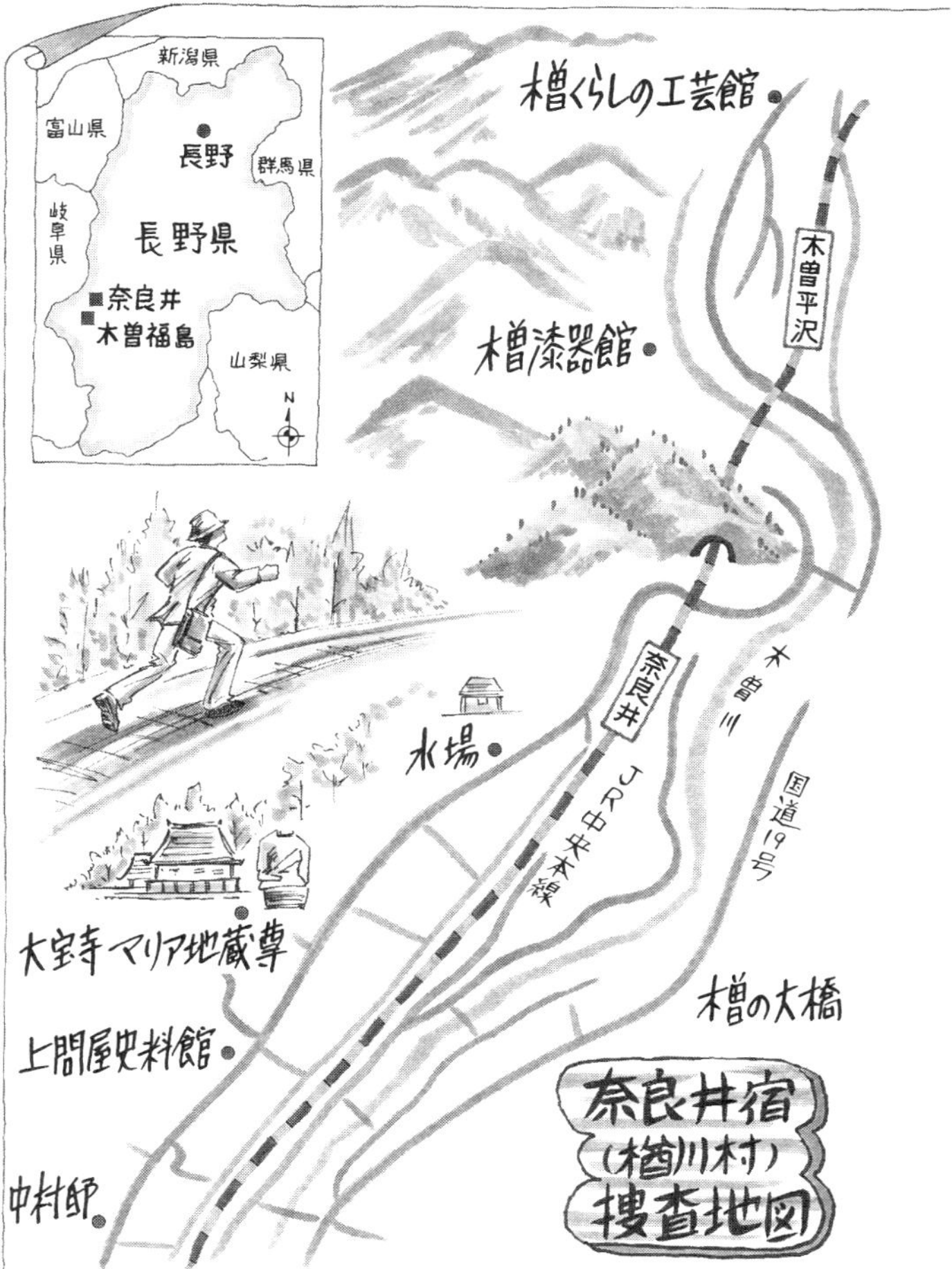
新潟県
富山県
長野
群馬県
岐阜県
長野県
奈良井
木曽福島
山梨県
N
木曽くらしの工芸館
木曽平沢
木曽漆器館
奈良井
木曽川
水場
JR中央本線
国道19号
大宝寺 マリア地蔵尊
上問屋史料館
木曽の大橋
中村邸
奈良井宿
(楢川村)
捜査地図

ミステリアス信州／「木曽福島・奈良井宿紀行」特別編（団体ツアー）

一　雨にけぶる木曽福島

「木曽路はすべて山の中である」と名作『夜明け前』で書き出したのは島崎藤村。「雨の日も楽し、木曽路の旅」と言ったのは……最後のお楽しみとしておくけれど、たしかに雨の木曽路は風情がある。雨にけぶる山々と川は水墨画のようだ。自動車の騒音が雨に吸収されて、不思議な静けさが訪れる。街道を徒歩で江戸へと目指していた、何百年も前の旅の世界にタイムスリップしたかのような幻想的な風景だ。

しかし、「ミステリアス信州」に雨はやはり似合わない。ミステリー手帖片手の捜査行だ。メモを取ったり写真を撮ったりするのに、傘《かさ》は邪魔である。できれば晴れてもらいたいものだが、これればかりはままならない。数えて七回目の「ミステリアス信州」、到着したときはなんとかもってくれるかなと思ったが、初日は雨にも歓迎されてしまう。

一九九五年以来、信州各地に楽しい旅を毎年つづけてきたのがＪＲ東日本主催の「ミステリアス信州」である（集英社文庫『浅見光彦を追え』『浅見光彦 豪華客船「飛鳥」の名推理』参照）。二〇〇一年は題して「木曽福島・奈良井宿紀行　マリアの髪飾り」。中山道四百年の歴史を秘めた木曽路が舞台となった。第五回からは期間を決めての自由捜査の旅となったが、今回は特別編として、内田先生と一緒の団体旅行が復活した。十一月三日から四日にかけて、いろいろなイベントを楽しみながら捜査していくのだ。

相変わらず「ミステリアス信州」の朝は早い。団体専用列車の新宿発は午前七時二十六分である。週末を信州でと、特急「あずさ」をホームで待つ人は多い。登山服姿も目立つ。まだ乗る列車は入線していないが、「ミステリアス信州」の参加者も集まりはじめた。リピーターの多いのがこのツアーの特徴で、七回目ともなれば見知った顔がそこかしこに。三年ぶりの団体旅行だけにわくわくしてきた。

新宿を出発して中央本線を下る。一日目の捜査の舞台となる木曽福島までは、四時間四十分ののんびりした旅だ。八王子を過ぎたあたりで内田先生からのメッセージが車内に流れた。例によって浅見光彦はすでに現地入りしている。我々はひたすらそのあとを追いかけるのだ。八時四十五分、お助けマンと称するマグナム小林のアナウンスが始まった。この時は声だけだったが、このマグナム小林さんがこの旅のいわばナビゲーターである。

車内では、捜査に必要なものがいろいろ配られていく。ミステリー手帖は必需品だ。ツアーの参加者であることを示す捜査ＩＤカード、といってもそんなに大袈裟なものではなく、首からさげるケースに入った大きめの名札である。捜査コードネーム、星座と血液型、出身地、好きな探偵を書き込むようになっていて、泊まる宿によって色が違っている。今回の宿泊地は木曽福島で、個人旅行でも団体旅行でも四つの宿からセレクトできた。

毎年楽しみになっている捜査オリジナルグッズは、小ぶりのトートバッグにひざ掛け、そして捜査に必要なペンや入場券である。バッグやひざ掛けにはどうやら色違いのものもあるようだ。けれど、こればかりはすべて集めるわけにいかない。

我々の最初の目的地は木曽福島だが、ミステリー手帖の物語は青梅の櫛《くし》かんざし美術館から始まっている。取材で訪れた浅見光彦が、蜘蛛《くも》の巣にからまった蝶々を助けたことから中野麻里亜《まりあ》と知り合う。浅見の大ファンという彼女は、見てほしい物があると言って封筒を取り出した。差出人の書かれていないその封筒には、漆塗りの美しい櫛が入っていた。「白糸」と作者の名前らしき文字が小さく刻まれている。

漆器職人の祖父に聞いても「白糸」など知らないという。そこで美術館で尋ねると、「白糸」は本名を二本木真二といい、近年頭角を現わしてきた木曽漆器の職人らしい。麻里亜にはその名に聞き覚えはなかった。工房は長野県の楢川《ならかわ》村にある。たまたま浅見は「旅と歴史」の取材で木曽路を旅することになっていた。浅見は麻里亜と一緒に行ければいいなと思ったが、彼女は祖父に木曽に来てはいけないときつく言われていた。それに、結婚式の準備で忙しいと……。がっかりする浅見だが、漆の塗りに不自然なところがあるのに気付く。削ってみると文字が書かれていた。

その夜、軽井沢のセンセから電話が掛かってくる。浅見が取材で木曽へ行くことをちゃんと察知している。「木曽福島の役場の原さんから手紙をもらった。行方不明の知人を捜してほしいというから頼んだよ」と、いつも調子のいいセンセである。だが、行方不明の知人名が二本木真二と聞いて、浅見は絶句する……。

これまたいつものように、「重要」と赤で印刷された封筒で捜査資料が配られていく。

二　「白糸」こと二本木真二さん事故死!?

いきなりこんな見出しが目に入ってびっくりする。信州ミステリー新聞と題した捜査虎の巻だった。これは新趣向で、ツアー参加者はさっそく熱心に読みふけっている。

記事によれば、行方不明だった二本木真二が鳥居峠近くの錆土《さびつち》採取場で発見され、運ばれた病院で死亡した。錆土とは漆塗りの下地付けに用いられるもので、現場は特別な錆土が採れる場所だった。しかし、今は危険防止のため立ち入り禁止になっていた。次のような関係者の証言もある。友人の原さんは絶対に事故じゃないと興奮気味。木曽節保存会で一緒だった越さんによれば、たまにふと寂しげな顔をしていたらしい。兄キみたいな人だったという蕎麦店店主の下條さんは、彼は無茶する人ではないと言う。

もっとも重要なのは救急隊員の証言だ。二本木が最後に「ク……シ、マリア……」と言い残したというのである。ミステリーでお馴染みのダイイング・メッセージである。事故死、それとも他殺？　警察は事故と判断したようだが、役場の原さんは何か事情があったはずだと、独自に調べだしたらしい。浅見光彦や我々が現地に向かっていることも書かれている。これはうかうかしていられない……。マンガや占いもあってずいぶん凝った作りの新聞である。新刊紹介はもちろん内田先生の『箸墓幻想』だ。九時十分に甲斐大和駅で、九時三十分には畑の真ん中でと、臨時列車の悲しさで不規則な停車を繰り返すが、この新聞を読んでいると時間の経つのも早い。

もうひとつ、重要な捜査資料がある。「白糸」の銘の入った櫛のレプリカである。麻里亜のもとに送られたものだ。スクラッチの部分をこすると文字が出てきた。マグナム小林さんの指示で、皆きちんとミステリー手帖に書き写す。

わしの願いは五つの願い
風にあわずに散る惜しさ
逢わにゃ千里も同じこと
姿見せずに啼くひと聲は
千に一のむだわない

意味があるようなないような文章だが（じつは木曽節の一節）、まだ現場に向かう列車の中である。慌ててもしようがない。塩尻から中央本線を名古屋方面へと向かう列車は、山間を走り、トンネルを抜けていく。やはり木曽路は山の中である。山々を彩る紅葉が美しい。

三　証言者の生出演にビックリ

十二時過ぎ、いよいよ木曽福島駅に到着である。いきなり駅向かいの商店に「事件の早期解決を願う！」と書かれた大きな看板があって驚く。なんでも疑ってかからないといけない「ミステリアス信州」なので、一瞬ドキッとしたが、これは純粋に参加者を歓迎するもので、捜査とは関係なかった。

駅から自分の泊まる旅館まで歩く。荷物を置いて、オープニング・イベントの会場までまた歩く。どんよりと曇ってはいるが、まだ雨は大丈夫なようだ。木曽川に架かる橋を渡って着いたのは木曽福島小学校である。もとは代官屋敷だった広いグラウンドは、四百人のツアー客、いや探偵が集まってもかなり余裕がある。そのグラウンドに物悲しく「美しき天然」のメロディが流れていた。書生風の若い男性が壇上でバイオリンを弾いている。

誰あろう彼がマグナム小林さんであった。名前とは裏腹の優しそうな顔立ちだ。

旅館ごとに並んでオープニング・イベントである。まず小学生の皆さんによる木遣《きや》り。なかなかの声量だ。それに合わせて、武士姿の人達が登場する。福島関所まつりのときの衣装らしい。壇上でマグナム小林さんが代表者に話を聞くが、どうもその顔に見覚えがある。それもそのはずで、ミステリー手帖や信州ミステリー新聞に似顔絵入りで出ていた木曽福島町役場の原さんではないか。

原さん、軽井沢のセンセに手紙を出したことを認め、捜査をよろしくお願いしますと挨拶する。それにしても軽井沢のセンセの姿が見えない。とそこに、怪しげな人影が。小学校の三階あたりにセンセが見えたのだ。なんだろうと目を凝らすと、それは写真パネルで、パッと消える。木曽節が流れ、本物の内田先生が籠《かご》に乗って右手から登場してきた。それにしても窮屈そうだ。まさか子供用の籠？

そんなはずはないけれど、壇上に立った内田先生から励ましを受け、「エイ、エイ、オー」と掛け声を上げて、いよいよ捜査開始である。木曽福島では、福島関所、木曽福島郷土館、山村代官屋敷の三館めぐりで証言を聞き、木曽川に架かった三つの橋で「まちのうわさ」を集めていく。全部回ったら、最後に町役場で「浅見メモ」を入手だ。

なにせ四百名もの集団である。一度に各ポイントに全員が集まるのは不可能なので、最初だけは四つのグループに分かれて、別々の地点へ出発である。一ケ所で証言を得たら、あとは自由捜査となる。思い思いのルートでデータを集めていくわけだ。

特別編の最大のポイントは、三館めぐりで生の証言が聞けることである。原さんの他、信州ミステリー新聞に出ていた下條さんと越さんの証言が必要となる。本来はスタンプを押すのだが、この日は生出演してくれたのだ。福島関所では越さんが、木曽福島郷土館では原さんが、山村代官屋敷では下條さんが証言をし、参加者もぐっと身を乗り出して聞き入っている。

うっかりメモできなかったり、聞き逃しても大丈夫だ。ちゃんと証言はシールにしてくれた。それにしても大変なのは越さん、原さん、下條さんである。途中から四つのグループがばらばらになる。我々は一回聞けばすむけれど、三人は四回演技すればいいのではない。ある程度人数がまとまったところで、証言を繰り返さなければならなかった。同じことを喋るのだから、本当にお疲れ様である。もっとも、原さんはしだいにのってきて、アドリブもでるほどだった。証言の合間には記念撮影で忙しい。

ついに雨が降ってきた。濡れた紅葉がきれいだ。ちょっと坂道が苦しかったが、とくに木曽福島郷土館付近はまさに色とりどりである。これまでの「ミステリアス信州」の団体旅行の中では一番楽しめたのではないだろうか。十一月に入っていたこともよかったのかもしれない。その分冷え込みも厳しいが、めげずに三館を回り終えたら橋探しである。

木曽福島町は木曽川を挟んで市街地が広がっている。橋がなければ不便きわまりない。

「ミステリアス信州」では、こんな看板がツアー客を迎える

木曽福島での結団式。「エイ、エイ、オー」

街の中心部には八つほどの橋が架かっているが、そのなかの中央橋、大手橋、行人橋の欄干に、なにやら意味ありげな文句を記したプレートがあった。麻里亜の両親をめぐる確執がしだいに分かってきた。雨足はどんどん強くなる。急いで最後の役場前に行こう。

役場は本陣跡にある。また関所まつりの武士が出迎えてくれたが、なにより嬉しかったのは甘酒のサービスだった。雨で冷えきった体には最高である。残念ながら浅見光彦や内田先生とはすれ違いになってしまったものの、しばし捜査に疲れた（オーバー？）体を癒す。甘酒であったまったら、今度は地元の日本酒だ。樽酒が振る舞われていた。

せっかくだからこちらもじっくりと……飲んでいる場合ではない。役場の玄関前にいろいろと捜査資料が並んでいる。本来の任務をうっかり忘れてしまうところだった。またもや信州ミステリー新聞が届けられていた。ケーブルテレビの特別番組「木曽の白糸」の放映を伝えるものだが、我々にはナイト・イベントが用意されている。

そして「浅見メモ」。二本木真二はかつて、「山梔子《くちなし》」という号の漆器職人に師事していた。やがて師匠の娘の茂美と恋仲になる。結婚まで考えたが、半人前の弟子なのにと許されず破門されてしまう。茂美は女の子を産み、まもなく亡くなった。その女の子が麻里亜なのだ。二本木の昔の師匠とは、彼女の祖父の中野陽次郎だったのである。二本木はずっと「おまえが娘を殺したも同然だ」と言われていたという。娘にもずっと会えなかった。そして、結婚式を前に、それを恨んで自殺したのではないか。これが原さんの推理である。

「ク……シ、マリア……」は「山梔子、マリア」ではないかと。

浅見光彦は聞き込みで重大な事実を知る。なんと山梔子が昨日亡くなっていたのだ。病死だった。その葬儀の席で浅見は麻里亜と再会する。櫛を彼女のもとに送ったのは原さんだった。二本木の工房に置いてあったのを、お祝いだろうと気を利かせたのである。そして、今夜、二本木の追悼番組を放映するので見てほしいと麻里亜に言う——。

なかなか複雑な事情があったらしい。雨がひどくなり、役場前の人影も疎らになってきた。そろそろ旅館へ戻ろう。「ミステリアス信州」は圧倒的に女性が多い。今回も男性は少数派である。肩身が狭いが、唯一（？）の利点はお風呂がゆったり使えることである。夕暮れの木曽の山々を見ながらのんびりすれば、雨に震えたことも忘れてしまう。

四　熱演のナイト・イベント

気になるのはその雨である。午後七時二十分、ナイト・イベントの会場となる木曽文化公園・文化ホールに向かうバスの窓には、けっこう激しく雨が吹き付けてきた。明日の捜査が心配となる。ホールではまたまた関所まつりの武士が出迎えてくれた。ロビーではワインなどのドリンク・サービスや内田先生の本の販売コーナーがあり、バスの到着とともにどんどん混雑していく。午後八時からのイベントを前に、はやくも秋の信州の冷え込みを吹き飛ばす熱気だ。

ナイト・イベントに先立ち、緞帳の前に現れたのは「のんき節」をバイオリンで弾くマグナム小林さん。木曽福島町長を紹介する。歓迎の挨拶のあと、いよいよ開演である。ピアノが流れる。緞帳が上がってスポットライトに浮かびあがったのは、なんと内田先生だ。ちょっと格好よすぎるが、ナイト・イベントの始まりを宣言して消える。

スクリーンに現われたのは、木曽福島出身という俳優の田中要次さん。これから「木曽の白糸」というドラマを上映するとのこと。マグナム小林さんが弁士となり、ピアノ、バイオリン、トランペット、ドラムの生バンドが登場、越さんらによる木曽節とともに、ドラマがスタートする。

それは代官山村家に仕える蜘蛛《くも》山大顔《やまたいがん》の娘胡蝶《こちょう》と、奈良井宿の漆器職人である白糸との悲恋の物語である。人目を忍んでの逢瀬、二人は暗号の恋文をやりとりする。しかし、ついに大顔に知られてしまい、白糸は福島関所を越えられなくなる。活動写真風に仕立てたドラマのコミカルな演技と弁士・マグナム小林さんの名調子がマッチして、会場に大ウケである。とても悲恋物語ではない。

ここで映像がとぎれる。また木曽節が流れてきた。なんと実演が始まったのだ。職人姿の白糸が客席に登場。舞台花道には美しい着物姿の胡蝶。映像と同じ二人だが、両方とも男性である。あとから聞けば、花組芝居という人気劇団のメンバーだという。切ない思いの二人を隔てる川。白糸がステージに上がろうとするが、それはなかなか許さない。やっと上がっても川が二人を引き裂く。名残り惜しげに消え去る白糸。それを見送る胡蝶……。

ふたたび映像に戻る。胡蝶はついに自ら白糸のもとに行くことを決意する。使用人の六助に、「七日の丑《うし》の刻にここで待つ」と暗号の手紙を託す。

碓氷峠のあの風ぐるま
　恋の暗路のほととぎす
来いと云われて行くその夜さの
声はすれども姿は見えぬ
　色でしくじる紺屋のむすこ
散って松葉と云われたい

ところが六助、卯《う》の刻と間違えて伝えてしまったから大変。待ち合わせの場所、峠の井戸に白糸は現れない。もう戻れないと悲観し、井戸に身を投げる胡蝶だった。卯の刻、白糸が現われる。井戸の前の履物に気付く。「まさか！」と覗き込むと、水面に胡蝶の顔のアップ（ああ、驚いた）。そこに大顔が登場。なぜか土蜘蛛に変身して糸を吐き出す。白糸、二人の愛の証しである櫛で撃退する。白糸がもう一度井戸を覗き込むと、胡蝶が笑っている。井戸が浅く、水も少なかったので助かったのだ。こうして二人はめでたく一緒に暮らすようになったという恋物語、再び木曽節で締めくくられる。まさか実演が入ると思わなかったのでびっくりしつつ、笑いっぱなしであった。

それにしても、どこでこの話が今回の捜査と関連するのか。ここで内田先生が登場、マグナム小林さんに二人の手紙の暗号が重要だと示唆し、客席に向かって分かった人はいますかと聞く。六助が出てきて、会場の何人かにこっそり聞くと、だいたい解き方は分かっているようだ。内田先生がさらにヒントを出しているところに、郵便屋さんが登場する。浅見光彦からの手紙だった。読みはじめる内田先生。バイオリンのＢＧＭはマグナム小林さんである。

二本木はまだ見ぬ娘のために、特別な漆器を作ろうとしていたのではないか。木曽節の一節に「主（ねし）の心とおんたけ山（やま）の峰の氷はいつ溶ける」とある。氷はいつかは必ず溶ける。それは明日かもしれない。

最後に白糸と胡蝶が再び登場して客席が沸いた。明日の捜査を期待させて、一時間ほどのナイト・イベントは終了である。依然としてかなり激しく降っている雨の中、バスで宿まで戻る。ケーブルテレビ・バージョンが深夜〇時三十分から放送されるとのことだったが、とてもそこまで頑張る気力はなかった。

五　木曽御嶽の勇姿

早寝した甲斐があったのか、翌日は快晴であった。紅葉が一段と映えている。バスの出発は午前八時。我々はいったん捜査を離れて観光だ。行き先は木曽福島から北西へ三十分ほど、岐阜県との境、木曽御嶽の麓に広がる開田高原である。標高一一〇〇メートル、半年は雪があるという土地だ。信州有数の蕎麦の産地で、自然豊かなリゾート地としても注目されている。

飛騨高山と木曽を最短で結ぶかつての木曽街道をバスは行く。着いたのは「木曽馬の里」であった。ここでは小柄ながら逞しい木曽馬が育てられている。数少ない日本和種のひとつで、一時は絶滅の心配もあったという。バスを降りるとさすがに肌寒い。

だが、少し歩いて目に入った素晴らしい風景に、その寒さも忘れてしまう。木曽御嶽の雄大な姿だ。わずかに山頂付近に雲はかかっているものの、青空にくっきりとその姿が浮かびあがっている。標高三〇六七メートル。修験者の道場として知られる霊山には雪があった。浅見光彦もきっと感動するだろうが、ここには立ち寄った形跡はない。

温かい蕎麦のサービスが有り難かった。木曽御嶽を真ん前にして食べる機会はそうないだろう。近くの売店では早々と蕎麦が売りきれとなっていたようだ。二頭の木曽馬も歓迎してくれる。たしかに背は低く、ずいぶん人懐っこい。

すっかり普通の観光客となってしまったが、重要な任務を忘れてはならない。バスに戻ると本日の捜査資料が届いていた。信州ミステリー新聞である。見出しに「奈良井駅前に巨大櫛出現!?」とある。なんでも奈良井駅の石垣に、文字の書かれた巨大な櫛が突如現われたらしい。ビックリ・ニュースだが、他の記事はいたって真面目である。奈良井で町並みが保存されてきた経緯や、漆器が学校給食でも用いられている話、そして「ミステリアス信州」想い出フォトコンテストのお知らせなどだ。

バスガイドさんの案内を聞きながら奈良井まで一時間、着いたのは木曽の大橋である。平成三年完成の奈良井川にかかる木造の橋は、長さ三十三メートル、幅六メートル。樹齢三百年以上の木曽檜だけを使って造られた太鼓型の橋だ。橋脚のない木製の橋としては日本有数の橋である。そのたもとの広場でイベントが始まった。奈良井宿は標高約九四〇メートルと、木曽路では一番高い。曇ってきたのでいっそう冷え込む。

その寒さを吹き飛ばすのが贄川《にえかわ》太鼓だ。贄川宿は木曽路十一宿の北の玄関口で、ひとつ南が奈良井となる。ウエルカム・イベントの司会はやはりマグナム小林さんだ。楢川村(現在の行政区画では奈良井はこの村の一地区)からの歓迎の挨拶とプレゼントのあと、木曽節が流れ出す。左手、「木曽の大橋」から颯爽と登場したのは内田先生だった。二人が壇上に揃ったところでなぜか始まったのが南京玉簾。マグナム小林さんが木曽バージョンの御嶽山や「木曽の大橋」を披露して拍手喝采である。

内田先生はここで「ミステリアス信州」のスタッフを紹介してくれた。単純な観光旅行とは一線を画す企画だけに、いろいろと苦労が多い。そのスタッフがいきなりチョンマゲのカツラをかぶりだしたのには驚かされた。古い宿場町らしいパフォーマンスだ。まずは新聞にあった奈良井駅前の巨大な櫛を目指す。二日目の捜査が開始である。浅見光彦に遅れてはならない。

ところが、ときならぬ渋滞で立ち往生する。木曽の大橋から奈良井駅へ行くには、JR中央本線を横切る必要がある。最短ルートは踏切ではなく線路の下を通るトンネル状の道だが、これが人一人やっとすれ違えるかという狭さなのだ。ペースダウンも甚だしいが、なんとか順番にくぐり抜けて駅へと向かう。

櫛はたしかに大きかった。正確に言えば、櫛のような形をした看板である。

汗**水**たらし
修羅**場**をのりこえ
前へと進め
通**行**手形だ
行**け**ばわかるさ

暗号めいた文章が書かれている。じつは、「水」「場」「へ」「行」「け」の五文字が色違いになっているので、すぐ意味するところは分かった。これが今回の謎解きの駄目押しとなるヒントになる。よく見ると信州ミステリー新聞の写真と巨大櫛の位置が違っているが、あまり詮索しないことにしよう。

奈良井宿での捜査は、湧き水や沢の水を宿場まで引き込んだ六ケ所の水場で「まちのうわさ」を聞き込み、中村邸、上問屋史料館、大宝寺を訪れて謎解きの手掛かりをえる。かつて「奈良井千軒」と言われた木曽路随一の宿場町だけに、南北一キロメートルにわたる町並みには圧倒される。同じ木曽路の妻籠や馬籠とはスケールがまったく違う。

また天気もよくなっていた。その宿場町をミニトートバッグを手にした「ミステリアス信州」の一行が埋め尽くす。さすがに道も狭く感じる。水場で「うわさ」をメモしなくてはいけないからすぐ渋滞が発生してしまう。その長い列の最後尾に内田先生と奥様の早坂真紀さんの姿があった。ナイスカップルの登場にちょっと妬ける。水場でポーズをとったりしているうちに着いたのが「御宿　伊勢屋」だ。そこで待っていてくれたのは、昨晩の白糸と胡蝶である。にわか記念撮影会が始まり、大変な混雑である。しかし、間近で見る胡蝶は美しいというかなんというか……迫力満点だ。

内田先生はここで休憩のようだが、我々の捜査はまだ途中である。浅見光彦に遅れをとってはいけない。町並みの南端の最後の水場まで捜査はつづく。各々の水場で短い文句を聞き込んでいく。その文句を手帖に書き込んで繋ぐと、

奈良井の名物数あれど　寺にあるのさ大きな宝　マリア地蔵にや　首がない
まだわからんかい、探偵さん？「クビナシ、マリア地蔵」捜査　五九六三！

となった。どうやらマリア地蔵というのが鍵らしい。

来た道を戻りながら、三ケ所のポイントを回る。中村邸は櫛問屋だった民家である。この保存がきっかけとなって町並みの見直しがスタートした。その玄関前にあったのが、木曽くらしの工芸館の太田さんの証言である。やはり二本木が造った櫛には特別な思いが込められていたようだ。

上問屋史料館は、宿場を行き来する荷物を管理し、次の宿場までの人足や馬の手配をした手塚家である。二階の一室に仲睦まじげな男女の姿を発見！　内田先生と早坂さん……ではなくて、漆器職人の二本木と亡くなった中野茂美らしい（カラーページ参照）。

最後の大宝寺《だいほうじ》へと思ったら、まだ伊勢屋の前に白糸と胡蝶がいた。マグナム小林さんも合流していたが、さすがに記念撮影も一段落し、のんびりひなたぼっこである。紅葉の見事な境内の奥にマリア地蔵尊があった。隠れキリシタンのものと推測されているが、我々

に向けてのメッセージは漆器館に行けというものだ。さらに、山梔子からのメッセージがある。《白糸、わしの代わりに「木曽の祝唄」をうたってくれ》と。

これで奈良井宿での捜査は終了である。浅見光彦はどうしたのか知らないけれど、我々は最初の広場に戻ってお弁当の昼食だ。快晴だが風が強く冷たい。豚汁《とんじる》のサービスで暖まる。紅葉のもとでの食事はまた格別だ。ついのんびりしてしまうが、木曽漆器館と木曽くらしの工芸館での最後の捜査が待っている。再び木曽の大橋を渡ってバスに乗り込む。

六　謎は解けた！

人数の関係で午後は二グループに分かれての捜査となった。木曽漆器館組と木曽くらしの工芸館組である。二つのチェック・ポイントは奈良井の北東の平沢地区にある。ここは木曽漆器の名産地だ。まだできてまもない木曽漆器館へ行くと、浅見光彦ではなく、内田先生が出迎えてくれた。またもや記念撮影会だが、その前にすることがある。捜査報告だ。「浅見メモ」が配られる。浅見は麻里亜とともに奈良井宿で事件の真相を調べていく。木曽くらしの工芸館の太田さんによれば、二本木と山梔子老人の仲は悪くなかったという。大宝寺の住職から手紙を渡される。山梔子老人が二本木に宛てた手紙で、そこには麻里亜の結婚式に出てほしいと書かれていた。そして、マリア地蔵が麻里亜の名前の由来だと、彼女の両親にまつわる因縁を語る。やはり二本木は事故死だったのだ。「ク……シ、マリア……」とは「クビナシ、マリア地蔵」を意味していたのだ――。

親子の絆を伝えた悲しい物語は完結した。問題は「父から娘へのメッセージは？」というものだ。最初に控えた櫛のメッセージの解読である。

わしの願いは五つの願い
風にあわずに散る惜しさ
逢わにゃ千里も同じこと
姿見せずに啼くひと聲は
千に一のむだわない

首なし地蔵尊にヒントを得て、首の部分、すなわち頭の一、二文字をとって右から読むと、「しあわせに」となる。これが白糸がまだ見ぬ娘にあてたメッセージだったのだ。しっかり書いて投票箱に入れる。あまりにさりげなく置かれていたので、気付かない人が多かったかもしれないが、ガラスケースの中に白糸の造った漆器が展示されていた。「まだ見ぬ娘、麻里亜へ」のメッセージと一緒に――。

帰り際、ふと来館者名簿を見ると浅見光彦のサインが！　ここに来たことは間違いないようだ。内田先生の見送りを受けて木曽くらしの工芸館へと向かう。漆工芸品を中心に木曽のオリジナリティ溢れる工芸品を展示販売している。長野オリンピックのメダルは館内の工房で作られたとか。ここで最後のお土産チェックである。

今年の「ミステリアス信州」はここで終わりである。バスに乗り込むと内田先生のメッセージが届けられた。題して「雨の日も楽し、木曽路の旅」。なんでも、木曽を旅すると決まって雨になるそうだ。今回もまた例外ではなかった。雨男は内田先生だったのだ。しかし、文句は言えない。内田先生が一緒でなければこの旅は始まらないのだから。

バスは松本へと向かう。そこから「あずさ」に乗って家路につくことになる。第四回までであったフィナーレ・イベントがないのは残念だが、皆が集まれる広い場所がなかったのかもしれない。なにしろ木曽路は山の中である。その山の紅葉を愛でながらの二日間、木曽福島で雨が降ったのは残念だったが、晩秋の木曽路を満喫した。さて来年はどこかと気になる「ミステリアス信州」である。

信州から帰ってしばらくすると浅見光彦からの葉書が届いた。答えはやっぱり「しあわせに」。麻里亜さんが漆器づくりを始めたそうだ。そして、二〇〇二年の「ミステリアス信州」の情報も伝わってきた。今度は「松代・小布施《おぶせ》・渋温泉紀行」カチューシャ哀歌である。期間は九月七日から十二月一日までで、また特別編もあるらしい。すっかり秋の旅として定着した「ミステリアス信州」だ。

昔懐かしい木曽の旅

内田康夫

軽井沢に住んでいる割には、同じ長野県でありながら、木曽地方に行くことはあまりない。西日本方面へ車で取材に行く場合には、ほとんど中央自動車道を利用する。木曽へ行くとなると、乾坤一擲《けんこんいってき》というほどではないにしても、かなりの覚悟を決めてかからなければならない。僕の中の「木曽」には、秘境のイメージがあるといっていい。

島崎藤村の『夜明け前』の書き出し「木曽路はすべて山の中である」はあまりにも有名だが、まったくそのとおりであって、木曽街道（中山道＝現国道19号）は行けども行けども山中の道だ。片や木曽川に臨む断崖、片や傾斜のきついヒノキの森。そのあいだをＪＲ中央西線と、国道が通っている。その交通事情は、鉄道が開通した当時と、基本的にはそれほど変わっていないのかもしれない。鉄道もなく、国道も整備されていなかった時代の木曽地方の人々の暮らしは、いまも残る旧街道沿いの宿場や古い建物に、その面影を偲《しの》ぶことができる。

日本は平坦な土地の少ない国だから、いわゆる山国と称する地方は至る所にある。それにしても、「五街道」と呼ばれるほどの主要街道がえんえん山道というのは、木曽以外には例を見ない。しかも、中山道は東海道と並んで、京都と江戸を結ぶ大動脈だった。悲劇の皇女といわれる和宮《かずのみや》の花嫁行列は、東海道ではなく中山道を通ったのである。

木曽は山の中ではあるけれど、人間の足跡はかなり古く、木曽福島町を中心として、縄文期の遺跡が広範囲に見られる。続日本紀の和銅六（七一三）年の条に、神坂《みさか》峠越えの東山道が難路のため、新たに「吉蘇路《きそじ》」が開かれたと記されているから、中央政権が信濃へのルートとして、早くから木曽を重視していたことが分かる。

下って十二世紀末近くには、木曽義仲が後白河法皇《ごしらかわほうおう》の第二皇子・以仁王《もちひとおう》の平家追討の令旨《りょうじ》を受け、挙兵して都へ攻め上った。義仲挙兵の地は木曽路の東端にある塩尻市付近らしいが、木曽街道沿いの町村には多かれ少なかれ義仲の伝説が残っている。

たとえば朝日村というのは「旭将軍」とよばれた義仲にちなんで命名された。日義《ひよし》村には「義仲館」があって、悲運の風雲児の生涯を絵画やジオラマで見ることができる（ＪＲ宮ノ越《みやのこし》駅下車徒歩５分）。旗挙《はたあげ》八幡宮の出陣の様子や勇壮な倶利伽羅《くりから》峠の合戦、そして巴御前《ともえごぜん》とのラブロマンス等、青年義仲の姿を彷彿させる。

義仲は武勇には秀でていたが、文字を知らず、都での公卿たちとの付き合いができなかった。そのために、粗野で礼儀知らずと嫌われ、とどのつまり、後白河法皇の策略にかかり、源頼朝軍に滅ぼされたといわれる。享年三十一歳、浅見光彦より若かった。現在、義仲の墓所や菩提寺は、木曽福島の興禅寺《こうぜんじ》、宮ノ越の徳音寺《とくおんじ》ほか各所にある。

ところで、和宮降嫁の大行列が東海道でなく中山道を使用した理由だが、東海道には薩埵《さった》峠（静岡県清水市）があって、「去った」に通じるのを嫌ったことによる。ただそれだけのことで、総勢二万六千人という「花嫁行列」は、わざわざ難路である木曽街道を選んだ。行列の通過には数日がかかり、各宿場は人で埋め尽くされ、徴用された人足《にんそく》たちが大勢、過労で死ぬ羽目になった。

木曽の歴史を辿ると、こういった悲しい出来事ばかりが目につく。東海道の明るさと対照的だ。そのせいか、人々の暮らしぶりは慎ましく、町並みの雰囲気もしっとりと落ちついている。旅人を遇するのも、素朴で飾り気がない。煤《すす》で黒ずんだ柱と白壁の宿で寛《くつろ》ぎ、香ばしい五平餅を頬張ると、百年も昔にタイムスリップしたような気分に浸れる。ついでに食べ物のことをいうと、なんといっても蕎麦がいい。開田《かいだ》高原などで採れる蕎麦を使っているのだろうか。洗練されてもなく、昔ながらの素朴さだが、玄《げん》蕎麦の香りと、歯ごたえのよさは抜群である。ただし、どの店が美味いかは、人それぞれ、自分の脚と口と胃袋で確かめてもらうしかない。

木曽で特筆すべき産物は一千年の歴史を有する木製品。とりわけ木曽漆器は強さと美しさで他に例を見ない。その秘密は木曽の漆職人が「錆土《さびつち》」を発見したことによるという。錆土がどのようなもので、どのような技法があるのかまでは教えてもらえなかったが、奈良井宿（ＪＲ奈良井駅下車）や福島宿（ＪＲ木曽福島駅下車）などで製品を手に取れば、得心《とくしん》がゆく。それより何より、昔懐かしい街道と宿場の気配に浸ることが、木曽の旅の最高の土産である。

雨の日も楽し、木曽路の旅

木曽を旅すると、どういうわけか決まって雨になる。それも、ちょっとやそっとの雨でなく、豪雨に祟られる。これまで七、八度は訪れているだろうけれど、いつの時も雨が降った。いま、こうして思い返してみて、いささか薄気味が悪い。

たとえば『皇女の霊柩』の取材で木曽路を南から北へ移動した時は、馬籠の坂道が川になったような土砂降りだった。だから、作品の冒頭のシーンは馬籠の石畳を、傘を傾けた女が独り、歩いてゆくところから始まり、やがてその女の遺体は、島崎藤村の墓の前で雨に打たれているところを発見される。

妻籠でも、土産物の店の軒先から、一歩も出られないほどの雨であった。木曽福島の関所跡を出た時も、雷雨に襲われた。宮ノ越の「義仲館」を見学した時は、駐車場から建物まで走って、ズブ濡れになった。

旅人にとっては迷惑な雨だが、しかし、負け惜しみでなく、それはそれで風景として眺めると、思いがけない感興を呼び覚ます。常緑の森が密生した谷の底から、霧が湧いてきて、天から下りてくる驟雨《しゅうう》との境目があいまいになる。東山魁夷の名画を彷彿させる、息をのむような幻想的な風景である。

古い宿場町の往還に、軒端から落ちる雫がはじける様子をじっと見つめていると、とっくに忘れてしまった、幼い頃の生活の断片が思い浮かぶ。昔はそんなふうに、軒先や窓の外のヤツデの葉に落ちる雨だれを眺め、リズムを聴いていた日が、いくらでもあった。

かつて、サーカス小屋で演奏される音楽といえば『美しき天然』に決まっていた。うろ覚えだが、歌詞は「空にさえずる鳥の声　峰より落つる滝の音　大波小波とうとうと　響き絶えせぬ海の音……」というもので、自然の造形美を讃えている。いまは世の中が忙しくなって、おとなばかりか子供までもが、こういう自然の面白さに無頓着なのかもしれない。雨の木曽路は、そういう失われた人間らしさを取り戻してくれそうな気がする。

　晴れた日には、精神は解放されて、天空に飛散してしまうけれど、雨に降り込められた日には、思考も情緒もひっそりと胸の内に閉じこもって、心の奥深いところで、自分勝手な物語を紡いだりする。あの日、木曽の粗末な宿の二階から、しとどに濡れた街道風景を眺めながら、僕の灰色の脳細胞は、むごたらしい殺人事件を構成していたものである。

（「木曽福島・奈良井宿紀行」捜査資料から）

ミステリアス信州／個人旅行編（自由参加型）

一　木曽路は招く

団体ツアーと一部内容が重複するが、個人旅行ならではの魅力をお伝えしたい。

江戸と京都を結ぶ幹線道路として、東海道と並ぶ存在だったのが中山道である。江戸幕府開闢《かいびゃく》に先駆けて、徳川家康は街道整備に力を注いだ。中山道が定められたのは慶長七年、一六〇二年だった。四百年ほど前のことである。中山道六十九次のなかで、いまなおかつての面影を一番残すのは木曽路だろう。十一宿あるが、町並みの保存に意欲的なところが多い。二〇〇一年から翌年にかけて、「中山道ルネッサンス　木曽街道４００年祭り」と称してさまざまなイベントも行われた。

七回目のＪＲ東日本主催「ミステリアス信州」は、長野県でも南のほうになるその木曽路、木曽福島と奈良井宿を訪ねる旅となった。公式ホームページが誕生し、過去の「ミステリアス信州」の紹介とともに、今回の準備の様子が伝えられる。地元情報もバッチリだ。

個人旅行となる自由捜査の捜査期間は、二〇〇一年九月二十九日から十一月三十日までの約二ケ月間だった。ミステリー手帖を入手し、予約をしたら出発である。新宿から「あずさ」で西へ向かい、塩尻で「しなの」に乗換えである。じつはこれから先はＪＲ東日本ではなくＪＲ東海なのだが、細かいことは考えないようにしよう。

車内でミステリー手帖をチェックする。麻里亜のもとに送られてきた謎の櫛がポイントとなる。奇妙な文言がそこに隠されていた。「白糸」という号の漆器職人、二本木真二がその制作者で、木曽福島に工房があったが、突然失踪してしまったという。浅見光彦はもちろんすでに捜査行をスタートさせている。

捜査の出発点となる木曽福島駅に着いたら、まずは駅の観光案内所、ではなくて捜査本部を訪れて捜査資料の入手だ。すっかりお馴染みになった長野県警の吉チョーこと吉井部長刑事がいた。竹村岩男警部の部下なのに、浅見光彦の捜査も手伝ってくれるのだ。「残念だけど、真二は事故死だ」と言っている。

なんのことかは分からなかったが、捜査資料を開けて納得した。二本木真二が死んだのだ。「ク……シ、マリア………」という言葉を残して。それを報じる信州ミステリー新聞の凝った作りに驚かされる。一緒にオジナル・グッズも渡された。トートバッグは可愛らしすぎて、男性は持つのが気恥ずかしい。立ち寄る箇所の入場券も用意されている。

駅にレンタサイクルがあったので借りてみた。捜査には徒歩で二、三時間かかるとミステリー手帖にある。十分余裕はあるけれど、せっかく木曽路の歴史ある宿場に来たのだ。ほかにもいろいろ見て回りたい。きっと自転車が役立つはずだ。

時刻は午後一時近い。信州といえばまず蕎麦である。ミステリー手帖には「くるまやあら町店」のご主人が出ていた。ところが、地図で確認すると、そこは自転車でも駅からかなり時間が掛かりそうだ。それではと近くの本店のほうへ行ってみたら、なんと行列ができていた。どうやらここはかなりの人気の店らしい。

店内はけっこう広かった。さっき食べた駅弁はすっかり忘れて、ざる蕎麦を注文する。待つあいだに捜査会議である。櫛を削ると暗号らしい文字が出てきた。じつはこの解読はじつに簡単だった。あまりに簡単なので、もっとひねりがあるのではないかと、最後まで悩んでしまった。蕎麦は太くコシが強い。荒々しく食べ応え十分だ。

ミステリー手帖によると、最初に寄るのは観光文化会館となっている。場所は旧中山道福島宿のはずれになる上の段の地区だった。門に「ミステリアス信州」ならではの大きな看板があってすぐ分かる。

「腹（ハラ）ごしらえはした？　おれは役場の原（ハラ）。三つの館と橋を捜査してくれ！　さいごに役場で笑顔で会おう」

いつもながら大袈裟だ。観光文化会館は地元物産の展示販売をしている。ここではとくに捜査の手掛かりはない。

この辺りは木曽福島でももっとも宿場町の面影を残しているところらしい。水場があり、格子やなまこ壁が雰囲気を醸し出している。だが、正直に言えばあまりにも日常的すぎて物足りない。観光施設ではないのだから仕方がないにしても、江戸時代の宿場町をイメージするのはちょっと難しかった。

次は三館めぐりである。まず最初は、木曽路のメインとも言うべき福島関所だが、その手前に高瀬家資料館があった。島崎藤村の姉の嫁ぎ先で、小説『家』のモデルになったところである。蔵の中に、代官山村氏に仕えた高瀬家や藤村所縁《ゆかり》の品々のほか、かつての生活道具類が展示されている。藤村といえば馬籠が有名だが、木曽福島のそこかしこにもその足跡があった。

高瀬家の並びに福島関所跡がある。江戸と京都のほぼ中間にあたるため、とくにこの関所は重視されたという。「出女に入鉄砲」とはかつて学校で耳にした言葉だが、福島関所ではとくに女改めと鉄砲改めを厳しく行った。一八六九（明治二）年に廃止されて荒れていたところ、一九七五（昭和五十）年の学術発掘調査を機に整備される。

関所跡は史跡公園となり、資料館として上番所などが復元されていた。いまにも何かお咎《とが》めを受けそうな雰囲気に、見学もおそるおそるだった。女手形ほか関所関連の資料も展示されているが、場違いなのが《正調木曽節保存会・越さんの証言》である。

「木曽節、ご存知ですか？　木曽のナァ〜ナカノリサン♪　え、歌より僕に聞きたいことがあるって…？　じゃ、お話ししましょうか」


ミステリー手帖に越さんの証言欄がある。そこにスタンプを押せばオーケーだ。

福島関所は高台にあって、遥か下に国道と木曽川が見える。関所敷地を削って道路を造ったというから、昔は完全に木曽川の断崖に臨んでいたわけである。旅人は木曽川にかかる関所橋を渡り、坂を登って関所へと入っていった。なるほど、そう考えれば関所として絶好のロケーションであることが分かる。毎年十月には福島関所まつりで賑わうとのことだが、今回はタイミングが合わなかった。

次は川向こうの木曽福島郷土館である。木曽郷土館という紛らわしい施設もあって、一瞬間違えそうになった。ほかにも、木曽福島会館とか木曽郡民会館とかあり、いささか混乱する。うっかりしているととんでもないところに行ってしまう。

自転車だから関所跡から下っていくのは快適だった。ところが、橋を渡ると登り坂になる。かなり苦しいが、辛抱するしかない。

木曽福島郷土館へ向かう道の途中、興禅寺《こうぜんじ》にあるのが、平家討伐で数々の戦功をあげた

「捜査本部」でまず、
重要な資料を受け取る

興禅寺にある
木曽義仲の墓

木曽義仲の墓だ。一一五五（久寿二）年、源義賢の次男で駒王丸という二歳の幼子が、木曽の中原兼遠に預けられた。自然のなかで逞しく成長し、元服して義仲と名乗る。源義経らの軍勢に敗れてこの世を去ったのは三十一歳のときだった。興禅寺は木曽家二十一代信道が義仲のために建立した。庭園が有名である。

義仲のパワーが少しは加わったのか、なんとか坂を登っていく。緑にかこまれた木曽福島郷土館には、木曽の歴史を語るさまざまなものが展示されている。街道絵図、蔵や籠、飛脚の鑑札、昔の旅行道具、漆器などの展示ケースがあり、二階中央に大きな木曽谷の模型があった。これも明治時代に木曽檜を使って彫刻されたものだ。

この木曽福島郷土館の一階にまたもや場違いな展示物があった。《木曽福島町役場・原さんの証言》である。

「おや、遅かったね　来ないかと思ってハラハラしたよ。おれは役場の原（ハラ）。う～ん、あんまり人の悪口は言いたくねえんだ。そりゃ昔はいろいろあったさ……」

どうやら原さんはそうとう駄洒落好きのようだ。スタンプを押して証言を入手する。

せっかくここまで登ったのだからと、自転車を置いて、福島古城跡まで行ってみることにした。片道約一・八キロメートルの自然遊歩道、というよりは山道である。さすがに自転車では行けない。

　この城は天文年間、木曽氏十八代義康によって、福島城（上の段城）の詰の城として築かれたという。向城と呼ばれていたらしい。戦国末期の典型的な山城とのことだが、いま建造物は跡形もなかった。鬱蒼《うっそう》と生い茂った木々の中に、城の姿を思い浮かべるのはなかなか難しい。自然遊歩道をさらに行けば滝もあるようだが、さすがにそれでは捜査の時間がなくなる。

　木曽福島郷土館から最後の山村代官屋敷まではすべて下りだった。自転車を借りた甲斐があって、短時間で移動できた。さすが文明の利器である。山村氏は木曽氏の旧臣で、関ヶ原の合戦で徳川家康に味方し、その勲功で木曽代官を命ぜられ、福島関所を預かった。江戸にも屋敷を持つなど、かなり裕福で力のある代官だったらしい。また、文学にも理解を示した。

　もとは広大だった代官屋敷も、いまは下屋敷の一部と庭園が残るくらいである。屋敷の内部には山村氏にまつわる品々が展示されているが、受付の脇に置かれていたのが《「くるまやあら町店」ご主人・下條さんの証言》だ。

「蕎麦食べた？　うちのはうまいよぉ！　いやここだけの話、ホント。あ、蕎麦のことじゃない。じゃ、なに？」

一所懸命にスタンプを押していたのは、高校生と言ってもいいくらいの若い女性二人組だった。かなりレトロなところを回るミステリー紀行である。どこに興味をもったのだろう。やはり浅見光彦の魅力だろうか。

ついでと言ってはなんだが、すぐ近くなのでさっき間違えそうになった木曽郷土館へ行ってみる。ところが、そこで発見したのは木曽教育会館だった。木曽福島にはいったいいくつの「館」があるの!? 木曽郷土館はその一角にあり、やはり木曽の考古学、民俗学の資料や美術品が展示されていた。島崎藤村の貴重な初版本も所蔵されているが、教育会館の入り口には「夜明け前」の文学碑がある。そうとう昔のもののようだ。

二　混迷する捜査

捜査は第二段階に入る。三つの橋を巡るのだ。こういう時にこそ自転車の機動力が発揮される。川沿いの道はほぼ平らだから、すいすいと走って、三つの橋で「まちのうわさ」を聞き込むのはいとも簡単だった。けれど、そのうち二つの橋で山村代官屋敷にいた二人組と出会ったのである。じつはそれほど効率は良くなかった?

これも深く考えるのはよそう。行人橋から木曽川を見ていると、不思議な建物群に気が付いた。床が川の上に張り出していて、それを支えている柱が丸見えなのだ。これが崖家づくりと呼ばれるもので、狭い土地を有効に利用するアイデアだった。ずいぶんスリリングな建物もあったけれど……。

そろそろ夕暮れが迫ってきた。最後は役場前である。そこにいたのも原さんである。いや、町役場の職員だからここは当然だった。

「すべてまわった？　素晴らしいね、ハラショー!!　おれは役場の原（ハラ）。浅見さんからメモと、町のみんなで企画した真二追悼番組のお知らせもあるよ。真二のためだ、全部もらってってくれ」

「浅見メモ」に信州ミステリー新聞とまたまた捜査資料が増えた。ノートが置いてあって、これまでに参加した人がたくさん感想を書き込んでいる。やはりリピーターが多く、楽しんでいる様子が伝わってくる。

これで本日の捜査は一区切りついた。そろそろ旅館に戻って捜査会議をしなければならない。その前にレンタルした自転車を返そう。ところが、駅へはどの道を選んでも登り坂だった。最後の力を振り絞ってペダルを踏む。今日はずいぶんいい運動になった。

お風呂で汗を流したあと、捜査のまとめである。まずは三人の証言だ。

原さん『真二には会いたくても会えない麻里亜って娘がいるんだ。工房には、最近の日付の入った若い男女の写真があった。おれは麻里亜とその婚約者の写真だと思う。あいつが送りつけたんだろうよ、ケッ。ああ、それと箱の中にク…、いやなんでもない』
下條さん『行ったよ、真二さんの工房。へんだなあ、結婚式の招待状があってさ、しかも宛名が中野陽次郎。なんであるの、そこに。ふつうないでしょ。……だってさ、二人は昔、いろいろあったんでしょ。いやここだけの話、ホント』
越さん『櫛に残されてた言葉？　ああ、これは確かに木曽節の一節ですが、まったくバラバラで意味はわかりませんね。エッ、工房？　そうそう中身のない郵便の封書がありました。しかも差出人が「山梔子」。真二さんはずいぶん前に破門されたはずなのに、なんで…？』
ミステリー手帖によれば、麻里亜の祖父・中野陽次郎も漆器職人で、「山梔子」という号を使っているという。そして次は橋にあった「うわさ」だ。
中央橋『若き二人の逢瀬はかさなる　邪魔をするなよ山梔子の花　〜真二と茂美の仲を裂いたのは、他でもない「山梔子」だったのです』
大手橋『花、山梔子が散ったよ夕べ　口は開かず芽も開かず　〜偉大な漆器職人「山梔子」が昨晩、逝ってしまいました。麻里亜もお葬式に…』
行人橋『父の想いはお六櫛　胡蝶は亡き母いま想う　〜まだ見ぬ娘の結婚式のために父は櫛をつくり、亡き母はお祝いのため蝶になって帰ってきたのでしょう』

これまたミステリー手帖によれば、茂美とは麻里亜の亡くなった母親である。こうしたデータをまとめると、麻里亜の両親の悲恋が浮かび上がってきた。過去の因縁については「浅見メモ」にも詳しい。二本木の工房に残されていた櫛を麻里亜のもとに送ったのは原さんである。

夕食をあわただしく済ませ、午後八時、テレビの前に陣取った。追悼番組「木曽の白糸」の開始である。内田先生の事件概要の説明があり、いよいよ肝心の番組が始まったが、それが時代劇なのにビックリ！　武士の娘と漆器職人の恋物語で、暗号を用いた手紙のやりとりがある。最後に内田先生が再び登場し、櫛に書かれた謎の文句と、「ク……シ、マリア……」が謎であることを強調した。ダイイング・メッセージはともかく、暗号の謎はすでに解けている。だが、あんまり簡単なので、かえってほかの答えがあるのではとまだ疑ってしまう。でも、自転車でけっこう疲れてしまった。あとは明日にしよう。

三　奈良井宿にも見所一杯

天気予報では昼ごろから雨になるらしい。けれど、朝のうちはよく晴れていた。木曽福島駅からＪＲで移動する。奈良井宿捜査本部は奈良井駅なのだ。今度は木下刑事の登場である。こちらも竹村シリーズからの出張だ。この捜査本部に立ち寄って捜査資料を手にする人がけっこういる。すべて女性で、「ミステリアス信州」はやはり人気のツアーなのだ。

捜査資料の信州ミステリー新聞には、奈良井駅前に巨大な櫛が出現とある。たしかにそれは異様な存在感があった。簡単に手の届くところにあるが、これだけ大きければ誰も盗みはしないだろう。ここにも暗号文が書かれていたが、「水場へ行け」と簡単に解読できる（カラーページ参照）。

奈良井駅から左手に、約一キロメートルの奈良井宿の町並みが展開している。町並み保存の機運が興ったのは一九六八（昭和四十三）年だった。一軒の民家が川崎市の日本民家園に移設されることになったとき、奈良井にあってこそ存在価値があるとの意見が出て、歴史遺産として見直される。一九七八（昭和五十三）年には、国の重要伝統的建造保存物群保存地区に選定された。

奈良井宿は木曽路では一番賑わったところである。もともとは戦国時代、武田氏が定めたとか。南側から上町、中町、下町と分かれ、中町に本陣や脇本陣があった。山裾には五つの寺院がある。現在の町並みは一八三七（天保八）年の大火事のあとに建築されたものだ。大部分は中二階建て、その屋根がかなりせり出している。

まずは奈良井宿ならではの水場回りである。生活用水や防火用水のために設けられたものので、現在でも六ケ所が残っている。それを駅のほうから捜していくと、たしかに何やら文字が記されていた。

下町「奈良井の名物数あれど」
下城「寺にあるのさ大きな宝」
横水「マリア地蔵にや」
池の沢「首がない」
鍵の手「まだわからんかい、探偵さん？」
宮の沢「「クビナシ、マリア地蔵」捜査　五九六三！」
ご苦労さん（五九六三）といわれるほどまだ動いていないが、ミステリー手帖によれば、あとで大宝寺というところへ行かなければならない。
宮の沢の水場からさらに南へ行くと鎮《しずめ》神社である。十二世紀後期に中原兼遠（木曽義仲を育てた人だ）が鳥居峠に建立、天正年間（一五七三〜九二）に奈良井に移された。疫病流行を鎮めるというが、なかなか趣のある神社だ。一角には楢川村歴史民俗資料館があって、生活民具や宿場関係の資料が展示されている。本当に木曽路には「館」が多い。
鎮神社の先の鳥居峠は、中山道で一、二を争う難所で、標高一一九七メートルもある。峠越えの準備のために、奈良井宿が繁昌したということもあるようだ。信濃路自然歩道として石畳の道も復元されている。ほんの一時間少々の山道だというが、残念ながら今日は時間がない。またの機会にしておこう。
チェック・ポイントを回るため、街道を戻っていく。まず最初は中村邸である。板大戸の一部がくぐり戸になっている。入ると裏庭までつづく土間だ。右手に囲炉裏《いろり》があって、いかにも昔の民家という風情である。ここは天保の豪商・櫛屋中村利兵衛の屋敷だった。間口が狭く、奥に深いのは奈良井宿に共通しているが、京都の町家造りの影響が見受けられるという。

ここでは証言が得られるはずだ。けれど、お馴染みのスタンプ台らしきものが、一階にも二階にもない。おかしいなと思いつつ階段を下りようとしたら、薄暗い二階の一角にぼんやりとオレンジ色のものが見える。それが《木曽くらしの工芸館・太田さんの証言》だった。

「木曽が漆器の産地だって知ってましたか？　日常的で素朴な塗りが持ち味です。僕みたいに。あ、中野先生と真二のことね…」

ここでもスタンプを押す。

次のチェック・ポイントは上問屋史料館である。かつて宿駅では、旅行者のために一定の数の馬（伝馬）と人足（歩行役）を常備していた。木曽路では一つの宿について二十五人の歩行役と二十五頭の伝馬を用意していたという。これを管理運用したのが問屋（といや）なのだ。奈良井の上問屋史料館は、明治維新までずっと問屋を務めた手塚家の住居とあって、貴重な古文書が多数残されている。そのほか、日常生活に用いた品々が展示されていた。建築は一八四〇（天保十一）年だ。

それにしてもなかなか広い家である。ところがなぜか階段（いわゆる箱階段）は狭い。なんとか上がっていくと、一部屋に怪しい人影があった。もちろん「ミステリアス信州」のための仕掛けである。どうやら二本木が茂美に櫛を渡しているところらしい。だが、ここはそれだけであった（カラーページ参照）。

いよいよ噂の大宝寺である。一五八二（天正十）年の建立だ。境内の奥にそれはあった。子育て地蔵の名を借りたマリア地蔵尊である。たしかに首がない。一九三二（昭和七）年、地元の人が藪の中に埋まっているところを掘り出したと伝えられる。胸に十字架のようなものがある。やはり隠れキリシタンに関係しているのだろうか。首がないのが暗号を解くヒントとなっているのだが、ここへ来る前にたいていの人は気付いたことだろう。

こうして捜査しているうちに、奈良井宿を往復したことになる。車の往来はべつにしても、たしかに派手な看板は見当たらず、素朴な町並みである。日常生活とのバランスは大変だろうが、この町並みはやはり文化遺産であり、貴重な存在なのは確かだ。

そろそろお昼時である。またもや蕎麦だが、さらに名物の五平餅も追加しよう。馬籠の五平餅は舟のようにひらべったかったが、ここのはお握り状である。甘めの味噌ダレや胡麻ダレが美味しい。おなかが一杯になってのんびりしていると、雨の音が！　とうとう降ってきたようだ。

最後の捜査ポイントは木曽漆器の産地の平沢である。奈良井駅から村営バスで無料で行ける。奈良井駅で待つこと十分。なかなか来ないと心配していたら、なんとやってきたのは十人くらいしか乗れないワゴン車だった。普通のバスを期待するのが間違いだった。だいたい、道が狭いから、小型のほうが便利なのである。

平沢での移動の手段はこの村営バスか徒歩である。バスはそう都合良く運行されているわけではない。帰りの列車の時間を考えると、先に木曽くらしの工芸館を訪れたほうがよさそうだ。ここは道の駅「きそならかわ」の中にある。いろいろお土産が並んでいるが、お目当ては内田先生の原稿だ。入ってすぐのところにあってホッとする（カラーページ・太田さんの証言参照）。時間があまりないので、すぐ木曽漆器館に歩いて向かった。

市街地に入ると、木曽漆器の町らしく漆器店が軒を連ねている。山村で耕地面積は少なく、気候も厳しい。そんな村の生活を支えたのがいろいろな細工物だった。明治になって漆器製作に大切な錆土が発見され、漆器の産地として発展していく。木地となる木曽の良木を生かして丹念に造られている。途中、木曽くらしの工芸館へ向かう親子連れと出会った。「まだ先ですか」「ええ、だいぶありますよ」。同じ謎解きの旅をしていると自然に協力しあうものだ。

平沢の漆器の伝統と現在を伝えるのが木曽漆器館だ。館内は広々としていて迷子になりそう。「浅見メモ」を受付で貰う。ようやく今回の悲しい物語が完結した。みんな麻里亜のことを心配していたのだ。入り口が二階で、一階へ下りて休憩コーナーまで行くと、おなじみの投票箱があった。今回の問題は「父から娘へのメッセージは?」で、最初から「しあわせに」と答えが分かっていたから、あとは確認の旅であった。

これで捜査完了である。浅見光彦と違ってこちらは列車の旅である。平沢駅から塩尻駅まで出て、そこから「あずさ」で帰る。駅では吉井部長刑事と木下刑事がお見送りだ。

「おい、新米探偵! よくやったな。家に帰るまで捜査だぞ」

「おみやげは買った? また、来年〜!」

残念ながらこちらは新米探偵ではない。謎解きは完璧だ。来年はどんな形でこの二人と会えるのか。今度こそは浅見光彦に追いつこうと思いつつ、帰路につくのだった。夕食にした塩尻の駅弁の釜飯が美味しかったことを付け加えておこう。

旅から生まれる物語

内田康夫

『ユタが愛した探偵』で、僕はついに（？）全国制覇を達成した。といっても、四十七都道府県すべてが作品の舞台になったというだけで、それほど自慢できる話ではない。とはいえ、少なくとも作品の数だけ各地を旅したことだけは事実で、それも沖縄のように前後四回にわたって訪れた土地もある。

しかし、そういう旅の多くは作家業に入ってからのおよそ二十年間のものが多く、それらの九十九パーセントが仕事がらみだった。優雅なはずの「飛鳥」による世界一周も『貴賓室の怪人―「飛鳥」編―』という作品を書くための取材を兼ねていた。完全にプライベートな旅となると、それ以前の、どれを取ってもカビの生えそうな古い話ばかりである。僕は好奇心は旺盛なのだが、物覚えがきわめて悪いから、旅先であった出来事や知り合った人々のことはほとんど忘れてしまう。中には忘れたほうが都合のいいものもあるのかもしれないが、そういう邪心とは関係なく、本当に忘れてしまうのだから始末が悪い。

不思議なもので、少年時代の旅のことはありありと思い出すことができる。ことに戦中戦後の苦難の時代の記憶は鮮明で、戦火に逐われるように満員列車で旅した体験は、まるで白黒映画を見るように脳裏に蘇《よみがえ》る。そういう古い時代の旅が、小説を書く上できっちり役立っているのだから、ありがたいものだ。たとえば『戸隠伝説殺人事件』の戸隠の様子などは旅というより、そこに住んだ記憶で書いたものだが、『死者の木霊《こだま》』で竹村部長刑事が事件の謎を追って青森から直江津、そうして戸隠へと旅をするくだりの直江津駅付近の情景は、執筆当時は新たに取材できなかったために、少年時代の旅の体験から書かれたものである。

驚いたことに、十年ほど前に直江津を訪れた時、駅前の風景がそれより四十数年も昔の雰囲気とさほど変わっていなかった。もちろん家は建て替えられ、町並みも変化しているのだろうけれど、街の佇まいというか、気配というか、匂いというか、そういったものが亡霊のように漂っていた。したがって、『死者の木霊』の描写はあまり間違っていなかったらしい。

変化がないといえば、浅見光彦が住む東京都北区西ヶ原の風景も、わが家のように戦災で焼けた地域を別にすれば、昔とほとんど変わっていない。じつは浅見家も戦災に遭ったのだが、戦後すぐに再建して、その家がもうすっかり古びている。

東京はどこもかしこも再開発の旋風が吹きまくり、地上げ屋の手にかかって、古い家屋は片っ端から更地化して、ビルやマンションに変わっていったが、あの辺りだけは開発から置き去りにされたのか、古い家並みが随所に残っている。とくに、上中里駅で降りて坂を上ってゆく平塚神社付近は子供の頃の面影とまったく変わらない。取材旅行の帰りなどに、境内の茶店だった平塚亭にちょっと立ち寄って団子を食うと、いっぺんに半世紀を遡《さかのぼ》ったような気分に浸れる。

浅見光彦の事件簿の面白さは、僕の取材先での体験をストレートに描いているところにあると僕は思う。たとえば『後鳥羽伝説殺人事件』の中で、三次《みよし》署の野上部長刑事が広島県高野町を訪ねる場面がある。野上が聞き込みに疲れて町外れでぼんやり佇んでいると、背後から老人が「タタラのご研究をされとってですか」と声をかける。この老人のひと言から事件の謎が解けてゆくのだが、これは現実にあったことで、僕が野上部長刑事そっくりの様子で、ボーッとしているところに老人が声をかけてきた。老人は地元の郷土史研究家だった。それが後に「事件解決」のヒントになった。それ以前には僕にはその土地の歴史にタタラがあったことを知らなかったのだから、まさに取材旅行の賜物といっていい。

『天河伝説殺人事件』では、天河神社近くのうどん屋に入った時、たまたまそこに若い女性の二人連れがいた。どういう展開だったのかは憶えていないが、恥ずかしがり屋のこの僕がなんと、女性二人の名前を聞き出すことに成功（？）した。二人は天川に来るまではまったく知らない同士だったのだそうだ。天河神社の社頭で出会って、なぜか意気投合したが、それはたぶん神社の御利益ではないかなどと話していた。そのことが妙に記憶に残って、後に作品の中で、イメージどころか実名で登場させてしまった。川島智春さんと須佐千代栄さんがそれである。

『江田島殺人事件』で広島の宇品港から船で江田島へ渡ろうとした時、黒づくめの団体がバスを降りて船に乗ってくる場面も、現実にあった話だ。こういうシチュエーションは空想だけではなかなか思いつかない。

この江田島取材ではもう一つ、不思議な出会いがあった。『「信濃の国」殺人事件』の登場人物の中に保良《やすら》県警本部長というのがいる。『信濃――』を書いている当時の長野県警本部長だった人を実名で書いて、直後、ご本人から電話がかかった。「長野県警の保良です」と聞いたとたん、（ヤバイ）と思ったから機先を制して「逮捕しにきますか」と言ったら「行きましょうか」と言い、本当に軽井沢にやってきた。ワインをぶら下げてきて一人で飲んで、陽気に語り合って帰って行った。エリート官僚にしてはジョークの分かる豪放磊落《ごうほうらいらく》な人だった。

その保良さんと江田島でバッタリ遭遇した。中国管区警察局長として広島に赴任していて、熊本のご両親を江田島の旧海軍兵学校跡を案内しているところだという。怖いものなしのような保良さんが、神妙な顔つきでご両親の手を取るようにして、遠ざかって行ったのが印象的だった。

取材旅行からヒントを得た作品は数え上げればきりがない。というより、ほとんど全作品がそうだったといってもいいくらいなものだ。しかし、大抵の場合は出発前に取材先をあらかじめ設定していて、詳細を調べる意味あいの目的を持って出掛ける。

そうでなく、当初はその土地の存在すら知らずに行って、行った先で思いつきのように訪ねたのが、作品に結びつくケースもある。『姫島殺人事件』や『菊池伝説殺人事件』などがそれで、姫島の場合は国東《くにさき》半島の磨崖仏《まがいぶつ》が本来の目的であった。それが途中で姫島というのがあると知って、何の気なしに立ち寄ったのが運の尽き（？）、全国的に有名な、例の「キツネ踊り」の舞台がこの島であると分かるやいなや、磨崖仏はそっちのけで『姫島』がテーマになってしまった。この時の旅行では中津江《なかつえ》村の「鯛生《たいお》金山」を訪ねたが、今年（二〇〇二年）のワールドカップで、カメルーンのサッカーチームのキャンプ地になった。読者の何人かから「中津江村が脚光を浴びてますね」と言ってきて、何だか自分の郷里のように嬉しかった。

もう一つの『菊池――』もその存在を知らなかったクチである。天草取材に行った帰り、ガイドブックの上で「菊池市」を発見、そこが菊池氏発祥の地であるということを知った。菊池一族は楠木一族同様、僕らの年代の「軍国少年」たちは「忠臣」と教わった歴史上の重要人物を輩出している。懐かしさに惹かれてちょっと立ち寄ったところ、菊池神社の資料に西郷隆盛や菊池寛がじつは菊池氏の出だと書いてある。これだけでも面白いところへもってきて、おまけに埼玉県秩父地方で起きた「秩父事件」の首魁菊池貫平も菊池一族だったという話が出てきた。こうして取材地は秩父に飛ぶことになる。

『城崎殺人事件』では「幽霊ビル」というのが登場する。城崎温泉に取材に行って、出石《いずし》のそばを食べに行く途中、有刺鉄線で囲われた広大な敷地の真ん中に、まだそう古くない三階建てのビルがあった。倒産して差し押さえられた物件に、よくこういう状態のものがある。もちろん、出発前にはそんなものがあるなどと、知るよしもない。しかし、そのビルが作品では重要な舞台になった。ビルの中で三人が殺されるというのだから、何ともすさまじい。

もう一つの「幽霊ビル」は『琵琶湖周航殺人歌』に出てくる。琵琶湖畔に建っていた建築途上の巨大ホテルが、建築主が倒産したために工事が中止され、鉄骨とコンクリートが剝き出しの状態で永年、放置されていた。日本で初めてのダイナマイトによる爆破解体作業が行なわれ、テレビのニュースで報道されたからご存じの人も多いにちがいない。あの「幽霊ビル」も現地へ行って初めて知った。その時の強烈な印象が作品を書いているうちに蘇って、一つのエピソードとして使うことになった。

いま執筆中の『しまなみ海道殺人事件（仮題）』の取材で愛媛県に計二十日間ほど行った。しまなみ海道（正式名・西瀬戸自動車道）はすばらしい景観だし、文字通り「夢の架け橋」と呼ぶにふさわしい大事業だったろう。しかし、その「夢の架け橋」にも光と影がつきまとうのが、人間の営みの悲しさだ。そのことを悟るまでに二十日間もかかった。旅の成果がどういう物語になるのか、ワープロの中で新たな旅立ちを迎えている。

振り返ってみると、僕の作家人生は旅と共にあったし、作品のすべてが旅から生まれた物語だった。これからの旅はどこへ出掛けるのか、どういう出会いがあるのか、それとも芭蕉のように旅先で果てて「夢は枯野をかけめぐる」のか……それに、いつまで旅をつづけるのか、いろいろな想いが寄せてくる。浅見光彦をはじめとする僕の探偵たちは、たぶん、固唾をのみながら、僕の仕事の進行状況を見守っているにちがいない。そう思うと、また旅への勇気が湧いてくるのである。

信州ミステリー散歩（月刊「トランヴェール」から）

信州はミステリーの宝庫

内田康夫

長野県歌「信濃の国」は信濃の誇り

一九五二年頃の夏――長野県の戸隠高原で、兄や友人たち数人とキャンプを楽しんだことがある。メンバーの中に僕の書く小説の主人公・浅見光彦の母親「雪江未亡人」のモデルになった女性のご子息がいた記憶があるのだが、何しろ古い話だから、はっきり憶《おぼ》えていない。ただし、雪江さんの息子だからといって、「浅見」という名前でも、刑事局長や売れないルポライターでもない。

戸隠高原は『戸隠伝説殺人事件』で書いた戸隠山の麓に広がる高原だ。ＪＲ東日本主催の「ミステリアス信州」の第一回で訪れた。僕のデビュー作『死者の木霊』の、殺人容疑で指名手配中の管理人夫婦が、首吊り死体で発見された鳥居川と、戸隠神社奥社《おくしゃ》の参道とのあいだの一帯がキャンプ場だ。

キャンプ場は大勢の若者たちのグループで賑わっていた。夜ともなるとキャンプファイアーが燃え、その周りでキャンパーたちの合唱が始まる。歌われるのは「静かな湖畔」の輪唱だとか、ロシア民謡などが当時の定番だった。「うたごえ喫茶」なるものが流行《はや》り、むやみにロシア民謡や労働歌ばかりがもてはやされた時代である。

考えてみると、その頃の日本人は、衣食住に関しても乏しかったが、歌う歌にも乏しかったのだ。何しろ戦争中は軍歌と戦時歌謡という国策唱歌しか歌わされなかった国民である。このあいだ、テレビで映画『少年時代』を観たが、戦争に負けた後、疎開児童が東京に帰るのを駅で送るのに、歌う歌を知らなくて、仕方なく軍歌を合唱するというシーンがあった。

戦後はその軍歌が禁止された。景気づけに歌う歌はロシア民謡と労働歌、それに「リンゴの唄」に代表されるような、やたら明るいラジオ歌謡が流行った。その一方では「星の流れに」のような頽廃的な歌も流れた。さすがにキャンプ場ではすべて健康的な歌ばかりだったが、その中で僕は初めて「信濃の国」を聞いたのである。

信濃の国は　十州に

境連ぬる　国にして
聳《そび》ゆる山は　いや高く
流るる川は　いや遠し
松本　伊那　佐久　善光寺
四つの平《たいら》は　肥沃《ひよく》の地
海こそなけれ　物多《ものさわ》に
万《よろ》ず足らはぬ　事ぞなき

これが「信濃の国」の第一節の歌詞だが、ご覧のとおり、信州の「お国自慢」といってもいい。この歌詞もさることながら、朗々と流れるメロディが美しく聞こえた。いや、初めて聞く歌だから、歌詞が正確に聞き取れたかどうかは定かではない。しかし、断片的にではあっても、信州の風物を誇らしげに歌っていることは分かった。合唱に参加している人々の様子も、楽しげであり、誇らしげでもあった。

日本は戦争に負けて、すべての誇りを失っていた時代である。「国破れて　山河あり」というけれど、まさにそれを地でゆくようなすばらしい歌だと思った。この歌が長野県の県歌「信濃の国」であり、歌っていた人々は東京からきた学生たちであることを後で知った。彼らはべつに「お国自慢」で歌っていたわけではなかったのだ。

それから三十三年後、僕は作家になっていて、第十八作目の長編小説として『「信濃の国」殺人事件』を書いた。「信濃の国」にまつわる感動的な実話に材を取って、その歴史的「事件」を背景にした連続殺人事件を描いたものである。

その「事件」とは何かは『「信濃の国」殺人事件』をお読みいただくとして、とにかく信州のよさと信州人の特性を理解していただくには、この「信濃の国」を抜きにしては語れない。長野県下では、小学生の時から「信濃の国」を歌って育つ。都道府県、それぞれに「歌」があるはずだが、ここまで徹底して歌われるところは、信州をおいて、他にあるまい。「君が代」が歌われない時代にも、「信濃の国」は歌ったのである。

地理的条件から生まれた固有の文化と伝説

さて、「信濃の国」の歌詞にあるように、長野県は「十州に境連ぬる国」だ。現在でも、愛知、岐阜、富山、新潟、群馬、埼玉、山梨、静岡の八県と県境を接している。こんな県は他にはない。もちろん、それぞれの県とは道路で結ばれている。かっこよくいえば四通八達だ。地図の上で見ると、日本の中心。この地に首都が移転してきてもおかしくなさそうでもある。だが、その前に厳然として聳えるのが、峨々《がが》たる山また山。

僕が住んでいる軽井沢から東京まで、長野新幹線で一時間ちょっとだが、直線距離にするとその半分足らずの松本市へ行くのには、二時間以上かかってしまう。「信濃の国」の歌詞にもあるとおり、長野県は峻険《しゅんけん》な山脈によって区切られた「四つの平」に経済・文化圏が分かれている。さらにいえば、山ふところに抱かれた一つの谷ごとに、生活圏が存在し、それぞれの文化が息づいているといえなくもない。

たとえば木曽地方と伊那地方とは、地図上ではすぐ隣り合わせだが、いざ往来するとなると、急峻な峠を越えて行かなければならない。この不便さは、経済至上主義の時代に取り残されかねない、まことに恵まれない環境と思われていた。

ところがどうだろう、バブルがはじけ、経済が行き詰まって、ふと立ち止まった人々の目に、手つかずの信州の山河はなんと豊かに映ることか。時代遅れを逆手に取って、負け惜しみをいうわけではないが、まさに「国破れて　山河あり」である。ちなみに、県歌「信濃の国」の第二節はこう歌っている。

四方《よも》に聳ゆる　山々は
　御嶽　乗鞍　駒ヶ岳
浅間は殊《こと》に　活火山
　いずれも国の鎮めなり
流れず淀まず　ゆく水は
　北に犀川　千曲川

南に木曽川　天竜川
　　これまた国の　固めなり

これ以上に、たとえば槍ヶ岳や八ヶ岳、蓼科などの名山があるのだが、限られた歌詞のスペースの中では、それすらも割愛しなければならないほど、豊富な自然の魅力に溢れかえった「国」なのだ。

山と谷に仕切られた地理上の特性は、同時に、それぞれの土地に固有の文化と「伝説」を育んだ。戸隠村と鬼無里《きなさ》村の「紅葉《もみじ》伝説」はあまりにも有名で、前述の「ミステリアス信州」の第一回の訪問先が戸隠・鬼無里だったのも当然といえる。ちなみに、これまでの「ミステリアス信州」の訪問地を挙げると、「信州の鎌倉」といわれる別所温泉、日本アルプスを望む安曇野《あずみの》の大町や穂高温泉、「寺の町」飯山と野沢温泉、「御柱《おんばしら》」の諏訪大社から美ヶ原、そしてことしは悲運の名将・木曽義仲を生んだ木曽——と、回を重ねてもなお、信州には汲めども尽きぬ「観光スポット」がある。もちろん、僕の住む軽井沢も日本を代表する避暑地であり、観光地だ。

人材育成に活路を見いだした信州

ところで、この「信濃」が歴史上に登場したのは、交通の便の悪い地理的条件からすると、意外に思えるほど早いらしい。

更埴市《こうしょく》にある「森将軍塚古墳」は前方後円墳で、四世紀後半の築造ではないかと推定されている。前方後円墳は銅鏡などとともに、大和政権が服属する地方豪族に許した権威の象徴であるとされ、それが最初に大和に造られたのは、三世紀半ばに死去した邪馬台国の女王・卑弥呼の墓といわれる（詳しくは近著『箸墓《はしはか》幻想』をお読みいただきたい）。それから百年を経た頃に、信濃の豪族である「科野《しなの》の王」の墓が造られたことになる。

その後、主として千曲川周辺に、現在「将軍塚」と呼ばれる「科野の王」の古墳がいくつも造られた。このことは、信濃と大和政権との交流が盛んだったことを物語る。

古事記では「シナノ」はすべて「科野」と書き、日本書紀では最初のほうの一回を除けば、ほとんど「信濃」と書いている。もともと「科野」だったのを、和銅六（七一三）年の「好字使用令」によって、以後の日本書紀では「信濃」に改められたもののようだ。

シナは「科の木」の意味だとされる。「科の木」というのは、山地に生える落葉樹で、マッチの軸木などに使われる。信濃は古くから良質の「科の木」が自生していて、それが国名になったものだ。

県歌「信濃の国」では「肥沃の地」と歌っているが、信州は他県に較《くら》べて自慢できるほど肥沃の土地とはいえない。山岳地帯が多くて耕地が少ない。姨捨《おばすて》の「田毎《たごと》の月」でも分かるように、石高の基準になる主要農作物である稲作には、あまり適さない土地柄なのである。戸隠や安曇野、木曽など、信州はどこへ行っても蕎麦が旨いが、ソバは他の農作物が育たないような寒冷地や高地にこそ、むしろ適した作物であり、それは裏を返せば、他の産物についてはは多くを期待できない土地であることを意味している。

その産物の乏しいにもかかわらず、信濃の国がしばしば戦乱に巻き込まれているのは、十州と境を連ねている交通の要衝であったことによる。中でも有名なのは上杉謙信と武田信玄が戦った「川中島の合戦」だ。武田軍が北上し、上杉軍が南下するたびに、信州はとばっちりを食った。

本来、信州人は温和な性格で、争いごとは好まないのである。諏訪大社や善光寺など、宗教施設が発達していることにも、信心深さが表れている。他国を侵略する意思もなく、山間の小さな畑を耕し、ひっそりと暮らしている平和志向の強い人々である。ただでさえなけなしの作物を踏み荒らされて、さぞかし迷惑なことだったろう。

風光明媚《めいび》であり、至るところに温泉が湧き、山菜など自然の恵みは豊かだが、農作物に関してはあまり豊かとはいえない信州の特産物といえば、何といっても人的資源である。逆にいえば、人材の育成にしか信州の活路は見いだせなかったのかもしれない。

松代の佐久間象山《しょうざん》に象徴されるように、信州は学問が盛んで、寺子屋の数は全国一であった。近代に入ってからも、松本市の「開智《かいち》学校」のように、早くから学校教育が熱心に行われ、後に、長野県は「教育県」などと呼ばれるようになった。

京都と江戸の文化が融合した信州文化

信州の地理的特性の一つとして、中山道が通っていることが挙げられる。東海道とならび、京都と江戸を結ぶ重要な幹線道路が、木曽の山中を縦断している。さらに北国《ほっこく》街道が北信濃を貫いている。皇女和宮降嫁の二万六千人という大行列が木曽街道を下ったことでも分かるように、京都と江戸の文化が、たえず行き来して、沿道周辺の人々に限りない影響を与えたのである。このことが信州人の、とくに文化的な素質を豊かなものにしたといっていい。

謡曲で名高い「鬼女紅葉《きじょもみじ》」の伝説は、山深い信州の、さらに辺境のような土地に、京風文化が根づいたことを物語る。紅葉は鬼無里に京都の御所のような建物を造営したというのだが、舞台となった鬼無里には、「二条」「三条」「加茂川」など、京都の地名がいくつも残っている。俳諧の小林一茶は奥信濃の柏原の生まれだし、小布施《おぶせ》の素封家が葛飾北斎を招くなど、民間人の文化度の高さが信州の特長といえる。

信州の山里はいくつあるのか知らないが、そのどこにも、独自の伝説やお伽噺《とぎばなし》が語り継がれているように思える。長い冬ごもりのあいだ、囲炉裏端で野沢菜や大根漬けをポリポリやりながら、おばあさんが孫たちに語って聞かせる風景は、いかにも信州らしい。大男「デーランボー」の話、「六地蔵」の話など、むろん文章として成立したものではなかったろうから、語り部であるおばあさんごとに、多少の脚色が加えられ、どんどん変化、発展していったにちがいない。だから、信州の昔話は驚くほど多彩である。

ミステリーを書く人間にとって、こういう言い伝えが恰好のネタになる。かなりの虚構を書いても、なんとなく本当にありそうな気がしてくる。そして清冽な水や澄明な空気、連なる山脈、濃密な木々などを眺める環境にいれば、ものを書く以外、何も欲しくない精神に昇華する——などと書くと、あまりにもかっこよすぎるだろうか。

浅見光彦と信州

浅見光彦は軽井沢の僕の家によく遊びに来るわりには、信州の各地のことを、あまり詳しく知らないらしい。『沃野《よくや》の伝説』の事件の時に上田市と塩尻市を、『皇女の霊柩』で木曽路を、そしてごく最近の『箸墓幻想』の事件で飯田市や伊那地方を訪ねたぐらいではないだろうか。

とはいえ軽井沢に関しては僕より詳しい。何しろ彼が生まれる前から、浅見家の別荘が軽井沢にあった。そのことは『記憶の中の殺人』の事件簿を読んだ時に、初めて知った。僕のような成り上がりと違って、浅見光彦は「ええとこのぼんぼん」だったのだ。

僕は軽井沢に住んでいながら、ほとんど出歩かないから、軽井沢の観光名所といわれるところでさえ、よく知らない。旧軽井沢銀座など、年に一度どころか、二、三年に一度行く程度である。軽井沢駅前にできたアウトレットなるショッピングモールにも、いまだに足を踏み入れてない。

そこへゆくと浅見はどこに何があるか、どこの店が旨いかなど、観光協会のボランティアができそうなほど、詳しい。夏の混雑時には空いている裏道もよく知っているから、彼が来ると、ソアラに便乗して、観光スポットやお勧めの店へ連れて行ってもらう。軽井沢に住む人間としては、情けないかぎりだ。

我が家が東京の幡ヶ谷から軽井沢に移転したのは一九八三年五月。その直後といっていい七月に『戸隠伝説殺人事件』を出版しているが、軽井沢転居の直接のきっかけは、その前年、『戸隠伝説殺人事件』の取材の帰りに、この別荘地を通過したことだった。作家業になりたての頃で、東京を離れてどこかローカルへ——と考えていた時にここを見て、いっぺんで気に入った。たぶん初夏か初秋の気候のいい時分だったにちがいない。真冬だったら、見向きもせずに素通りしただろう。

作品リストを繙《ひもと》くと、この年は六月に『遠野殺人事件』、七月に『戸隠伝説殺人事件』、八月に『シーラカンス殺人事件』、十二月に『赤い雲伝説殺人事件』と『夏泊殺人岬』を上梓している。ほんの三年前までは小説など書いたことのなかった人間としては、驚くべき多作である。軽井沢という環境が僕にはよほど適合したにちがいない。

しかし、軽井沢に移ってから、僕が長野県を長編小説の舞台に書いたのは、それから二年後、第十八長編の『「信濃の国」殺人事件』が最初で、浅見光彦に至っては、一九八七年の十一月、第三十二長編の『軽井沢殺人事件』でようやく登場した。

その中で浅見は軽井沢駅前の茜屋《あかねや》珈琲店に入る。作中では「草西珈琲店」となっているが、これは「茜」を分解しただけのことだ。茜屋は船越さんという、関西生まれの風変わりなご老人が経営する店で、旧軽銀座などにも姉妹店がある。その船越老人も「草西」という名で登場したが、残念ながら十年ほど前に故人となられた。

『軽井沢殺人事件』では実在の店や人物を、ずいぶんモデルに使っている。僕の家を訪問する浅見が、散策中に出会った「岡小夜子」という女流画家は、ご近所に別荘のある日本画家の堀文子さんを彷彿させる。浅見が小夜子と行く「山水《さんすい》」という料理屋は、名前もそのまま使った。山水の二階から眺める離山《はなれやま》が「ホトケ」の寝姿に見えることが、『軽井沢殺人事件』の一つの謎になっている。囲碁仲間が経営する「グラスホッパー」というペンションも実在し、重要な舞台になった。

この調子で、軽井沢の地名や店名がふんだんに出てくる『軽井沢殺人事件』だが、この小説で一躍有名になったのが「軽井沢大橋」である。読者の中にはわざわざ軽井沢大橋を見物に行く人が多いそうだ。塩沢湖のことも書いたが、正直を言うと、その当時は塩沢湖はあまりよく知らなかった。

その塩沢湖の近くに「浅見光彦倶楽部」のクラブハウスがある。会員数一万人余、来館者はむしろ一般客が多く、年間四千人を超えるそうだ。倶楽部の姉妹店として三年前にオープンした「軽井沢の芽衣《めい》」という喫茶サロンとともに、軽井沢の新名所になりつつある。「軽井沢の芽衣」は、軽井沢本来のよさを満喫して欲しい――という僕の願望から生まれた。広大な芝生の敷地の中にテラスのあるおしゃれな店で、僕のカミさん「早坂真紀」の同名の小説がネーミングの由来。執筆の合間を縫って、カミさんがきりもりしている。背後に「妖精の棲む森」という散策路を作ったのは浅見光彦の発案だ。小高い丘の上に四阿《あずまや》風の休息所があるほかは、何もないただの森だが、都会人にはその何もないところがいいらしい。もちろん入場は無料。イヌ連れで散策する人の姿があとを絶たない。心身ともに寛げる軽井沢ならではのスポット――というと、手前味噌にすぎるだろうか。

「信濃のコロンボ」と信州

『軽井沢殺人事件』では、浅見光彦とともに長野県警の竹村岩男警部が活躍するのだが、竹村は僕のデビュー作『死者の木霊』で壮絶な刑事魂をみせつけた男として、浅見などよりずっと前から知られた存在だった。よれよれのバーバリーを後生大事に着ているところから「信濃のコロンボ」と呼ばれた。浅見のように女性にもてるタイプではないが、筋金入りの名警部であることは間違いない。いまでも根強い「竹村ファン」が少なくなく、浅見光彦もいいが、もっと竹村警部を書いてくれという要望が寄せられている。

僕が竹村岩男と知り合ったのは、彼がまだ飯田警察署で部長刑事だった一九八〇年頃のことだ。飯田市郊外の松川ダムにバラバラ死体が浮かんだ事件で、彼は刑事生命を危うくするような捨て身の捜査を行い、さしもの難事件を解決に導いた。その功績により警部に昇格した後、長野県警捜査一課の主任警部として活躍しつつある。

前述の『軽井沢殺人事件』『死者の木霊』のほか、『戸隠伝説殺人事件』『「信濃の国」殺人事件』『北国《ほっこく》街道殺人事件』『追分殺人事件』などがそれだ。また『沃野《よくや》の伝説』の事件では、浅見光彦と遭遇して捜査協力をしている。

所属が長野県警であるだけに、浅見のように全国規模で飛び回ることはめったにない。その代わり、当然ながら長野県内については詳しい。僕が知っている事件に関係するところだけでも飯田市、戸隠、長野市、軽井沢、野尻湖、木曽福島、別所温泉、小諸市等々、を挙げることができる。

飯田には『死者の木霊』の事件の時、僕は初めて取材に訪れた。飯田署がオンボロ木造庁舎だった頃で、生まれて初めて取材目的で接触した警察官が「園田警部補」だった。作品中では「イノシシのような」と表現している。いまは新しいビルに建て替わったが、このあいだ『箸墓幻想』の取材で十数年ぶりに訪れてみると、飯田市の旧市街地は当時と変わりなく、くすんだような佇まいである。そして市街から坂を下った中央自動車道のインター付近に大型店などが建ち並び、新しい街として賑わっていた。

竹村警部が現在勤務している長野県警本部は長野市にある。田中康夫知事で全国的に名を馳せた長野県庁と同じ場所だ。僕の父親は長野市生まれで、そのせいか長野市には愛着も思い出もある。長野市は善光寺が有名で、子どもの頃、善光寺のお堀で亀を釣った。もちろん殺生禁断の地だから、大いに罰が当たっているにちがいない。

県警本部の裏手を流れる裾花《すそばな》川を遡ってゆくと、鬼無里《きなさ》に達する。その支流の楠川は戸隠が源流域だ。下流の犀《さい》川《がわ》と千曲川の合流点辺りはりんご園が広がっていた。長野市周辺のあちこちに僕の少年時代の記憶がいっぱい散らばっている。

戸隠村に住んでいた一九四五年八月——終戦の直後に大火が発生した。宝光社という集落の中心部がほとんど全焼した。その時のものすごい情景は『戸隠伝説殺人事件』のプロローグにえんえん書かれている。そこだけでも短編小説ほどの迫力だから、書店で立ち読みするとよろしい。

『北国街道殺人事件』は野尻湖のナウマン象発掘現場から人骨が「出土」したところから始まる。野尻湖では何年かに一度、乾期に湖底が露出した時に、一般から希望者を募って発掘作業を体験させる。湖畔には野尻湖博物館があって、出土した人骨ならぬナウマン象の化石が実物大（当然か）で陳列されている。ここを見物していた主人公が「盗難」にあったことから、恐るべき連続殺人事件の物語が展開を見せる。
『追分殺人事件』の「追分」は軽井沢の宿場である。軽井沢町域には碓氷峠を下ってきたところにある「軽井沢宿」、現在中軽井沢と呼んでいる「沓掛《くつかけ》宿」と、西のはずれの「追分宿」がある。追分の「油屋旅館」はかつては脇本陣だったところで、堀辰雄や立原道造などが定宿にしていた。

追分というのは、街道の三叉路のことである。その名のとおり、ここには江戸から下ってきた中山道から、越後（新潟）方面へ向かう北国街道が分岐している。石灯ろうが建つ分岐点を「分去《わかさ》れ」と呼ぶ。「去れ」としたところが、何やら切ない。

追分は人生の分かれ道に似て、行く方向が決まっている人はいいが、あてどのない旅人にとっては、右せんか左せんか立ち悩む場所でもあったろう。道ならば誤りに気づいて、後戻りできるが、人生はそうはいかない。僕の小説に描かれた人々の多くは、その選択を誤って、自滅していった。かくいう僕も、たぶんどこかで道を誤っているにちがいない。

（「信州ミステリー散歩」は、月刊「トランヴェール」（発行／JR東日本、編集／ジェイアール東日本企画）二〇〇一年十一月号から転載）

第五章

三大名探偵座談会

浅見光彦／岡部和雄／竹村岩男

司会　内田康夫

名推理はどこからやって来る！

出席者　**浅見光彦**（フリーライター）いつもの帽子にラフな白のポロシャツ
岡部和雄（警視庁捜査一課警視）ビシッとした三揃いのスーツ
竹村岩男（長野県警捜査一課警部）白い半ソデのワイシャツにノーネクタイ
司会　**内田康夫**（作家）紺のワイシャツに麻の白いジャケット

内田　本日は大変お忙しい中、お三人さんに浅見光彦倶楽部クラブハウスにお集まり頂いてありがとうございます……と、こういう挨拶で始めるもんでしたかね。
浅見　ははは、何だか軽井沢のセンセじゃないみたいですね。
内田　いや、そんなことはない。僕は元来は真面目な性格なんだ。
岡部　そうでしょうか。『「紫の女」殺人事件』の饅頭を落とした事件なんかを見ると、かなりユニークなご性格と拝察しますが。

月照尼は小さな木皿に載せた和菓子を運んできた。和菓子の名前といえば、キミシグレとクズザクラぐらいしか知らないぼくには、表現のしようもないが、とにかく、色といい、姿かたちといい、上品な菓子だ。

「しばらくお待ちください」

月照尼は菓子を置いて引っ込んで、ほんとうにしばらくのあいだ、ひそとも音がしなくなった。

「これ、食べてもいいんですかね？」

浅見は菓子に指をつき立てるようにして、教養のないことを訊いた。もっとも、こっちも教養がないから、食べていいのか悪いのか分からない。

かといって、知らないと答えるのも業腹《ごうはら》だから、

「食べたければ食べる。食べたくなければ食べない。すべからく道というのは、自在なものであるよ」

しかつめらしい顔で教えてやった。

「ぼく、食べたいひと」

浅見は駄々っ子みたいなことを言って、無造作に菓子をつまむと、ふた口で食った。

「うん、美味い美味い、先生、けっこう美味いですよ」

指の先をしゃぶりながら言う。道も風雅もない野蛮人だ。小皿には爪楊枝《つまようじ》のオバケみたいなのが添えてある。その用途も気づかないのだから情けない。

ぼくはおもむろに爪楊枝のオバケを執って、菓子を真半分に切断した。

解剖してみて分かったのだが、中の、いうなれば地球のマグマに相当する部分は、栗色のアンコで、その周辺を牛皮《ぎゅうひ》のような素材で包んである。

ぼくは上品に、アンコの真ん中に爪楊枝のオバケを突き刺し、持ち上げて口に運ぼ

うとした。

そのとき、目の端に、月照尼が現われるのが見えた。とたんにアンコが崩れ、地球の半分はテーブルに落下し、小皿の端を痛撃したために、小皿ははじけ飛び、地球の残り半分がテーブルの上を転がって、那智黒の敷石に落ちた。

月照尼は「あっ」と小さく声を発した。そして、そのはしたなさを恥じるように、「ただいま、代わりをお持ちいたします」と言ってくれた。

「いや、それには及びません」

ぼくは奥床しい性格だから遠慮した。

「でも……」と月照尼が言うのに、浅見は「いいんです」と手を振って言った。

「拾って食べますから」

むろんジョークだが、われわれのあいだだけならともかく、純真無垢《むく》の彼女には通じない悪い冗談だ。案の定、「えっ……」と絶句して、ぼくの手元を見つめた。本気で、拾って食べると思ったらしい。

「ははは、まさか、拾い食いはしませんよ」とぼくは笑って、「人の見ている前では」と付け加えた。


『「紫の女」殺人事件』(トクマ・ノベルズ)

竹村　ああ、あれはおかしかった。まったく、浅見さんとセンセは名コンビですね。

浅見　困りますよ。先生と一緒にしないでくれませんか。
内田　それはこっちの言うセリフだろう。まあ僕のことはともかく、三人それぞれのテリトリーで大活躍をしてるわけだけど、いったいぜんたい、三人の中では誰が最も優秀な探偵なのかってことが、読者の知りたいところだと思う。その点について、まず意見を聞いてみたいな。

最優秀探偵は誰？

三人　（同時に）それはですね。
内田　ははは、どうやら交通整理が必要なようだね。ではまず、アイウエオ順で浅見ちゃんどうぞ。
浅見　それはやはり竹村さんだと思います。あの『死者の木霊《こだま》』で見せた不屈の刑事魂っていうのか、素晴らしい推理力には、素人の僕なんか遠く及びません。
竹村　いやいや、あの事件では岡部さんにお世話になったのです。それがなければ、僕はいまごろ懲戒免職を食らって、ハローワーク通いをしているはずですよ。
岡部　とんでもない。私はただ竹村さんにくっついて歩いていたようなものです。刑事稼業を長らくやってますが、事件捜査の現場であれほど感銘を受けた出来事はありません。

浅見さんのおっしゃるとおり、私も竹村さんには脱帽です。ただし、竹村さんは長野県警に活動範囲が限定される。私も警視庁管内の事件に限られますが、それに対して浅見さんの名探偵ぶりは全国版ですから、その点ではずば抜けています。

竹村　そうそう、手掛けた事件の数でも、おそらく浅見さんは抜群でしょう。

内田　いや、それは彼の場合は単独行だから目立つだけですよ。お二人は警察機構の中で捜査指揮をするのだから、実数からいえばやはりずっと多いにちがいない。

浅見　それに、僕のは警察の手伝いで、チョコッと顔を出す程度の関わりですから、本当に僕一人で解決した事件となると、ほんの少しです。

岡部　とんでもない。警視庁管内だけでも、あちこちの所轄から浅見名探偵の活躍を報告してきていますよ。幸か不幸か私の班ではまだお世話になったことがありませんが。

浅見　参ったなあ、岡部さんにまでそんなふうに言われると、穴があったら入りたいくらいです。第一、そういう噂が警視庁内に流れているのでは、いつ何時、警察庁の兄の耳に入らないともかぎりません。困りますよ。

岡部　しかし、浅見さんのおかげで解決した事件が多いことは事実ですよ。あれは何ていうのでしたか、『平家伝説殺人事件』でしたか、伊勢湾台風がそもそもの出発点という不思議な事件がありましたね。確か戸塚署の扱いだったと思いますが、あの事件が浅見探偵のデビューになったのですか？

内田　いや、実際のデビューはその前に広島県三次市で起きた事件ですよ。『後鳥羽伝説殺人事件』というタイトルで、僕が小説に書きました。
竹村　ああ、あれがそうですか。妹さんの弔い合戦になった事件ですね。あの事件では三次署の野上部長刑事が僕そっくりのたたき上げの刑事っていう感じで共感を抱いていたのですが、そこへ浅見さんが登場して、一気に事件を解決していった。本職のベテラン刑事も顔色なしっていうところで、大したものだと感心しました。
浅見　ですから、あれも野上さんにくっついて、ちょっとお手伝いしただけです。そんなのより、『「萩原朔太郎」の亡霊』っていう小説に書かれた事件、あの事件の岡部さんの名推理には本当に驚きました。メヒシバのイモチ病という、聞いたこともないようなものから、完全犯罪のトリックを打ち破ったのですからねえ。そういう発想はどこから出てくるのですか？
岡部　あれはほんの偶然の産物みたいなものです。私だってイモチ病のことなんて、よく知りませんでしたよ。藤森さんという大学を退官された植物病理学の権威にその話をお聞きして、まさに目からウロコでした。

　岡部が、借りてきた写真を見せると、天眼鏡で一瞥《いちべつ》しただけで、「これはメヒシバのイモチ病菌の胞子ですよ」と言った。

「はあ……」

岡部は気を呑《の》まれて、老人の顔と写真とに視線を往復させた。

「メヒシバというのは関東以西ならどこにでも生えている。畑地の雑草の代表的なヤツで、まあ最強の害草といってもよいですな。しかしこいつにも強敵がいましてな、それがこのメヒシバのイモチ病菌。イモチ病というとイネの病気と思われるかもしれんが、こいつはメヒシバ専門にとりつく病菌でしてな、とりついたが最後、相手が枯れ果てるまで全身に菌糸《きんし》を蔓延《まんえん》させてしまう」

「すると、この写真に見える根っこのようなものは、その菌糸なのですか？」

「さよう、菌糸です。水中にあったということだから、はっきりしたことは言えんが、発芽が始まってから七、八十時間といったところですかな」

「なんですって!?」

岡部は不遠慮な声を発した。「そんなことまで分かるのですか……」

「分かりますとも、この胞子は摂氏十六度以下ではサスペンド——つまり休眠状態で浮遊しているが、二十度以上になるとホルモンが働きだし、十五時間程度で発芽を開始する。発芽といっても植物と違って菌糸を出すわけですがな。その菌糸の伸びるスピードは温度の上昇に比例して活発になるのだが、いまの時期では水温はせいぜい二十二、三度止まりだろうから、まあ、ここまで伸びるには七、八十時間はかかるだろう、と、まあこういうところです」

「ありがとうございました」

岡部は思わず藤森老人のか細い手を握りしめた。老人は痛がって顔をしかめた。
「そんなもんで、お役に立ちますかな」
「はい、これで充分だと思います」
岡部は確信をもって断言した。

『「萩原朔太郎」の亡霊』（集英社文庫）

岡部　あの経験から、捜査も運で左右されるものだと、つくづく思いました。

竹村　そうですね、われわれよりもむしろ、浅見さんのほうが理詰めで事件の謎を解いてゆくんじゃないですか。警察には捜査権という絶対的な武器がありますが、浅見さんは本当の自力ですからね。あの手この手で無理やり自白させるなんてこともできないし、まして別件逮捕なんて手段も使えませんからね。いや、もちろん僕にしろ岡部さんにしろ、そんな汚い手は使いませんよ。しかし、一部の警察官の中にはそういう古い捜査方法によっている者もいることは、残念ながら認めないわけにはいきません。

浅見　僕だって自力ではとても難しいことが多くて、ときどき兄の七光に助けられていますよ。『博多殺人事件』や『箱庭』の事件でも、結局、兄がバックアップしてくれなければ、何も出来なかったと思います。

岡部　それは多少はあるかもしれませんが、基本的にはやはり、浅見さんご自身の働きです。局長さんにはじつは二度、お目にかかる機会がありましたが、公私混同をする方ではありません。それに、局長さんのほうも浅見さんを高く評価しておられますよ。私が浅見さんの活躍ぶりについて申し上げると、『わが家には優秀な捜査官がいて、しばしば出し抜かれる』と笑っておいででした。

内田 どうなんだろう。捜査手法という点では三者三様だと思うけど、それぞれ得意とする捜査テクニックを披露してもらえませんかね。

捜査手法について

竹村 そう言われても、僕の場合は自慢出来るほどのものはありません。ただコツコツと事実関係を積み上げてゆくだけです。言ってみれば足で稼ぐっていうやつですね。

内田 そういえば、『死者の木霊』で青森へ行ったり伊勢へ行ったり、戸隠高原を歩いたり、確かに足で稼いでましたね。歩くのが苦手の僕には到底、務まりそうにない。

岡部 私も似たようなやり方です。データを集めるところから始めますね。ただ、足で稼ぐほうは部下に任せて、私自身は庁内でのんびり遊んでいる——というと誤解されるといけないので、データとにらめっこをしていると言っておきましょうか。

浅見 そういえば『倉敷殺人事件』や『十三の墓標』『多摩湖畔殺人事件』などでは、部下の刑事さんが拾ってきたちょっとしたことから、鋭い推理をしてましたね。

竹村　そこへゆくと、僕は人を使うのが下手で、何でも自分でやらないと気が済まない。自分の目で見、耳で聞かないと、何も思い浮かばないから困ります。浅見さんも足で稼ぐ点では人後に落ちないでしょうね。

浅見　ええ、僕も日本全国を飛び回っていますが、しかし本質的には歩くのが苦手です。動くのはもっぱらソアラですね。だいたい飛行機が嫌いですから、遠く九州や北海道辺りでもソアラで行きます。時々フェリーや列車を利用することもあるのですが、船の中とかローカル列車の中で、事件関係者に出会ったり、世間話を小耳に挟んだところから、思いがけないヒントを得ることもあります。

岡部　浅見さんくらい旅先で事件に遭遇しちゃう人も珍しいでしょうね。新幹線の中で会社社長が殺された事件……あれは確か『耳なし芳一からの手紙』の事件でしたっけ。あの時もたまたま、被害者と同じ列車で東京へ着いたのでしたね。

浅見　どういうわけかそうなります。読者の中には、そんなに都合よく事件と出くわすのはおかしいと、まるで僕が嘘つきみたいに言う人もいますけどね。

内田　まあ、犬も歩けば棒に当たるっていうから、浅見ちゃんが歩くと事件に当たっても不思議はないかもね。

竹村　われわれ警察官は事件のほうからやってきますから、好むと好まざるとにかかわらず事件に巻き込まれます。それも奇妙にこっちの都合の悪い時を狙ったように事件が発生するんですよ。うちの家内なんか、非番の日に電話が鳴ると一課長から呼び出しではないかと、ビクビクしています。

岡部 それはありますね。家内や子供たちにはまったく信用がない。夫として父親として失格ですかね。

浅見 そんなことはありませんよ。それより僕なんかいまだに独りで、しかも母と兄のところに居候状態です。

内田 だけど、あそこはきみが生まれた家じゃないか。威張って住んでいればいいでしょうが。

浅見 そうはいきませんよ。近所の連中だって、僕のことを浅見家の落ちこぼれだなんて噂しているんですから。

岡部 それはひどい。浅見さんほどの才能があれば、探偵事務所を設立しても千客万来でしょう。独立したらどうですか。

浅見 とんでもない。そんなことをしたらおふくろに勘当されちゃいますよ。第一、兄の立場はどうなりますか。それに僕の才能なんて、高《たか》が知れてます。岡部さんこそ警視庁を辞めて探偵事務所を開くといいですよ。警察官にしておくのはもったいない。

岡部 ははは、恐ろしいことを言いますね。僕を失職させるような誘惑はしないでください。

竹村　そうですよ浅見さん、岡部さんは警察にとっても大切な人材です。僕は岡部さんが『倉敷殺人事件』で見せた名推理には感動しました。倉敷署の上田部長刑事もびっくりしていましたけどね。

「は？……」

　上田は思わず岡部の顔を覗き込んだ。

「死亡推定時刻ははっきりしていますが……」

「そうそう、そうでした。いや、僕の言いたいのは、つまり、その時刻に、この場所で犯行があったことが証明される——ということですよ」

「と言われますと、そうじゃないのでしょうか？」

「いや、そうは言ってませんがね。たとえば、単純にこの場所に死体が遺棄されていたとすると、殺害現場は別の場所で、ここに死体を遺棄したと考えられるのではありませんか？　いや、警察はそう考えますよ、きっと。死体の下の地面の状態なんかを見れば、すぐ分かるかもしれません。いや、分からないかもしれないが、ちょっと頭の働く犯人なら、そういう危険は避けたいところでしょうね。もっとも、これはあくまでも、別の場所で殺したと仮定しての話ですがね。実際は、皆さんが思ったとおり、ここで殺して舟に乗せたのかもしれませんが、しかし、そんなことも考えてみたくなりませんか？」

「はあ……」

上田は急に不安を感じはじめた。

たったいま、（たいしたことはない——）と高をくったばかりの相手が、自分の考えもしなかったようなことを言いだした。それが当を得たものであるかどうかはともかくとして、岡部が、自分の及ばない思考力の持ち主であることを知っただけで、上田はすっかり動揺してしまった。

「そう考えると、凶器に使った石がここに落ちていたことも、なんとなく作為じみて思えてくる。早い話、犯行の場所を隠すつもりならば、あんな石は川の中に捨てるのが、もっとも手っ取り早いはずですよね。まるで犯人は一所懸命、ここが犯行現場であることを知らせたがっているように見える。そのくせ、死体は現場には置きたくないというのだから、きわめて矛盾していますよ。さらに言えば、安倉と犯人がどうして、この時季のこんな寒いところにやってきたのか、それも不思議じゃありませんか。僕は連中が何を考えてこんな奇妙な行動をしたのか、大いに興味が湧いてきました」

言葉とは逆に、岡部の表情は険しかった。明らかに岡部は見えざる敵との知恵比べに闘志を燃やしている。上田は完全に圧倒された。県警と倉敷、高梁、新見の三署のスタッフ——合計百人を超える捜査員の誰一人として、いま岡部が言ったような観点で事件を見、考えた者はいない。発想の原点がまったく異なるとしか言いようがなかった。

河原から車へ戻る道すがら、上田はわざと岡部から遅れて、神谷の傍に寄って、小声で訊いた。

「岡部警部さんは、いつもあんなふうに飛躍した考え方をされるのですか？」

「ええ、そうですよ」

神谷は珍しくもない——という顔で言った。

「あの人はちょっとここがおかしいのです」

ニヤリと笑って、人差し指で頭の脇をつついた。

『倉敷殺人事件』（光文社文庫）

浅見　岡部さんの捜査は飛躍的な着眼点を発見するところに独特なものがありますね。
岡部　それは浅見さんだって竹村さんだって同じでしょう。
竹村　いや、浅見さんはそうだけど、僕の捜査術なんて、それこそドン臭いもんですよ。いくつかの事柄を突き合わせているうちに、何となくモヤモヤしたものを感じて、しかしそれがはっきり見えてこない。しばらくして忘れた頃になって突然、あっと思いつくのです。『死者の木霊』の事件の時も、捜査が行き詰まって、ニッチもサッチもいかなくなった時、風呂に入って湯気を見ていたら、ふいに青森駅のプラットホームで見た花柄のワンピースのことが頭に浮かんだのです。

「花柄の衿に霧舞う終列車——」

竹村は比喩的な想いを籠《こ》めて、もう一度、その句を口にした。

ほうっと大きく吐息をつくと、目の前に立ちのぼる湯気がゆらめいて、湯船の向こうの窓ガラスを伝う水滴が、幾条もの黒い不規則な曲線を描くのが見えた。

ふと、頭の片隅に豆粒のような曙光《しょこう》が生じた。それはゆっくりと、しかし着実に、思考の空間に光彩を充たしていった。

それはまさに、衝動というべきものであった。竹村は凄《すさ》まじい水音と飛沫をあげて、湯船をとびだした。

陽子は膳の支度を整えていた。そのかたわらに仁王立ちになり、ぽたぽたと滴り落ちる水滴も意に介さず、竹村は震え声を張りあげた。

「おい、分かったぞ！」

陽子は愕《おどろ》いて、振り向いた。

「やあだ、どうしたの、その格好」

文字どおり剝《む》き出しのものを目と鼻の先に見て、顔を赧《あか》らめた。

『死者の木霊』（講談社ノベルス）

竹村　これが事件の謎を解く重要な鍵になったのですが、ああいうのって、何なんですかねえ。やっぱり運としか思えませんが。

岡部　そうですね、私にもときどき似たような経験がありますが、謎解きのきっかけは思いがけない瞬間に訪れることが多いですね。浅見さんはいかがですか。
浅見　僕なんか運と天恵の連続です。
竹村　それは嘘でしょう。浅見さんの事件簿を見るかぎりでは、やはり浅見さんは理詰めで追い詰め、同時に閃きで難関を突破するスタイルだと思いますよ。僕は『軽井沢殺人事件』と『沃野の伝説』の二度だけ浅見さんとご一緒しましたが、感心させられることばかりでした。
岡部　私は浅見さんとは『貴賓室の怪人―「飛鳥」編―』で一度ご一緒しただけですが、いろいろな報告や噂で、ご活躍のほどは承知しています。とくに地方で起きた事件については、われわれの出る幕はほとんどないだけに、浅見さんの快刀乱麻ぶりを聞いては、自分のことのように興奮しますよ。
浅見　岡部さんと竹村さんがご一緒だったのは、『死者の木霊』の事件ともう一つ『追分殺人事件』というのがありましたね。
岡部　ああ、あれは竹村さんが追っていた、軽井沢の追分宿で起きた殺人事件と、たまたま警視庁管内の本郷追分で起きた殺人事件の捜査がリンクする恰好になったのですが、事件解決はほとんど竹村さんがおやりになったものです。
竹村　とんでもない、岡部さんの協力があったればこそですよ。それはともかく、あの事件も不思議な話でしたし、最後に犯人を追い詰めた時は迫力がありましたねえ。岡部さんの独壇場でした。

記憶に残る事件は何？

内田　ところで、お三人の関わった事件で、最も記憶に残る事件はどれなのか、いくつかずつ挙げてくれませんか。

浅見　僕は何といっても『江田島殺人事件』と『天河伝説殺人事件』ですね。『江田島殺人事件』は事件は解決したけれど、終わり方があまりにも辛くて、泣けて泣けてたまりませんでした。『天河伝説殺人事件』もそうです。吉野の山奥にあのご老人が消えて行くのを見送った時、僕が行なっているのは正義なのかどうか、自信を失いました。それから、ごく最近の事件で、箸墓古墳にまつわる不思議な出来事があったのですが。

内田　ああ、それは『箸墓幻想』として僕が書いたやつだね。

浅見　ええそうなんですが、あの事件は悲しくて美しくて、ミステリー小説なんかにして欲しくなかったですね。

内田　おいおい、いまさらそんなことを言うなよ。あれは僕の最近の作品としては、出色の出来だと思っているんだから。

竹村　いや、浅見さんの気持ちも分かりますよ。物語としては面白いかもしれませんが、事件を扱った当事者としては、被害者にはもちろん、犯人側に対してもそれなりに思い入れというものがあります。本当に事件を解決して犯人を逮捕してよかった——と思えることは、そんなに多くはないものです。

岡部　盗人にも三分の理ではないですが、加害者側の犯行動機にも同情すべき点があったりすると、手錠を嵌《は》めるのを躊躇《ためら》うことがありますね。浅見さんは最後の場面では警察に委ねることができるので、その点は羨ましいと思います。

浅見　すみません、何だか卑怯者みたいですが、正直なところ、僕は犯人を追い詰めるのは苦手なんです。同情したい相手の場合は何とか逃げてもらいたいし、その逆に極悪非道の犯人だと、こいつには捕まって裁判なんか受ける権利はない——なんて、大それたことを考えたりもします。

岡部　つまり、自決しろと？

浅見　そこまでは言いませんが……。

竹村　それはいけませんよ浅見さん。どんな犯人でも、正当な法の裁きを受ける権利があるのですから。

浅見　はい、分かってます。分かってはいるのですが……。

（一同、シュンとなる）

内田　それじゃ岡部さん、あなたの記憶に残る事件を言ってください。

岡部　私は刑事になって初仕事だった事件でひどい目に遭いましてね。それから十二年ほど経ってから、その事件が尾を引いたように発生した、画廊がらみの事件が忘れられません。

内田　ああ僕が『「横山大観」殺人事件』を書いた、あの事件ですね。

岡部　ええそうです。あの事件ではずいぶん絵画のことを勉強しました。それからもう一つ挙げるとすると『シーラカンス殺人事件』ですね。あれは凄まじい事件でした。犯行の中身も凄かったが、被害者の兄とその妹の情愛の深さには感動しました。

竹村　僕は何といっても『死者の木霊』の事件ですね。それから『戸隠伝説殺人事件』。あの事件も結末は悲しかったです。結局、犯人逮捕に至らなかったのですが、そのことにはまったく後悔は残りませんでした。そういう性質の事件でしたね。それに、戸隠蕎麦が旨かったし、十分満足できました。

内田　ははは、県警本部長が聞いたら、何と言いますかね。そういえば、蕎麦というと例のホウトウ事件と喜多方ラーメン事件を思い出すね、浅見ちゃん。

浅見　いやなことを思い出さないでくれませんか。だいたいホウトウにしろ喜多方ラーメンにしろ、たまたま入った店が不味かったと話したのに、先生はそのまま小説の中に書いちゃったのだからひどいですよ。あれ以来、僕は甲府と喜多方には行きにくくなっちゃったじゃありませんか。

内田　もう一つ、長崎チャンポンというのもあったね。

浅見　ほんとに、いいかげんにしてくださいよ。ああいうことを書いておいて、先生が長崎に行った時は、チャンポンは旨いって、自分だけいい子になるんだから。

内田　長崎といえば、このあいだAさんというマスコミ関係の人が長崎へ行った時、牧師の奥さんに会いましてね。世間話のような中で牧師夫人が「むかし、女子高時代に推理作家が来て、取材して行ったことがあります」と話したのだそうです。Aさんは僕の本の読者だったから、すぐに気づいて「あなたはもしかすると、カステラの松風軒さんのお嬢さんでは？」と訊いたら、「そうですけど、どうして分かるんですか？」と、お互いにびっくりしたと言ってましたよ。あの時、女子高生だった娘さんが、もう牧師の奥さんになって、確かお子さんもいるっていうのだから、こっちも歳を取るはずですね。

浅見　先生、それは実話なんですか、フィクションなんですか？

内田　えっ？　ああ、もちろんフィクションだよ。本にも印刷してあるでしょう。この作品はフィクションだって。

岡部　ははは、どうも内田さんの書く小説は、どこまでが本当でどこからが創作なのか、よく分からない部分がありますね。

竹村　まったく。あまり書きすぎて逮捕されないようにしていただきたいものです。

内田　はいはい、注意します。というところで、ではこの辺でお開きにしましょうか。

集英社文庫

浅見光彦《あさみみつひこ》 四《よっ》つの事件《じけん》 名探偵《めいたんてい》と巡《めぐ》る旅《たび》

2002年9月25日 第1刷
2007年3月25日 第2刷

定価はカバーに表示してあります。

著者 内《うち》 田《だ》 康《やす》 夫《お》

発行者 加藤 潤

発行所 株式会社 集英社
東京都千代田区一ツ橋2—5—10
〒101-8050
電話 03（3230）6095（編 集）
（3230）6393（販 売）
（3230）6080（読者係）

印刷 凸版印刷株式会社

製本 凸版印刷株式会社

本書の一部あるいは全部を無断で複写複製することは、法律で認められた場合を除き、著作権の侵害となります。

造本には十分注意しておりますが、乱丁・落丁（本のページ順序の間違いや抜け落ち）の場合はお取り替え致します。購入された書店名を明記して小社読者係宛にお送り下さい。送料は小社負担でお取り替え致します。但し、古書店で購入したものについてはお取り替え出来ません。

© Y. Uchida 2002 Printed in Japan

ISBN4-08-747485-2 C0195